평생 임신

평생 임신

발행일	2022년 8월 30일		
지은이	공미연		
펴낸이	손형국		
펴낸곳	(주)북랩		
편집인	선일영	편집	정두철, 배진용, 김현아, 박준, 장하영
디자인	이현수, 김민하, 안유경, 김영주	제작	박기성, 황동현, 구성우, 권태련
마케팅	김회란, 박진관		
출판등록	2004. 12. 1(제2012-000051호)		
주소	서울특별시 금천구 가산디지털 1로 168, 우림라이온스밸리 B동 B113~114호, C동 B101호		
홈페이지	www.book.co.kr		
전화번호	(02)2026-5777	팩스	(02)2026-5747

ISBN   979-11-6836-452-3 03810 (종이책)   979-11-6836-453-0 05810 (전자책)

(주)북랩 성공출판의 파트너

북랩 홈페이지와 패밀리 사이트에서 다양한 출판 솔루션을 만나 보세요!

홈페이지 book.co.kr • **블로그** blog.naver.com/essaybook • **출판문의** book@book.co.kr

작가 연락처 문의 ▸ ask.book.co.kr

작가 연락처는 개인정보이므로 북랩에서 알려드릴 수 없습니다.

공미연 신앙 에세이

평생 임신

돌아본 삶의 여정,
모든 것이 주님의 은혜였습니다

북랩

공미연 권사의 첫 작품 출간을 축하합니다.

평범한 60대 주부가 남편과 사별하고 빚더미의 사업체와 남겨진 세 자녀와 함께 겪은 인생역정을 글로 표현한 이야기입니다.

필자가 원고를 받아들고 읽기 시작했는데, 단숨에 그 절반을 읽게 되었습니다. 이 책은 읽히는 이야기입니다.

이유는 우리 자신의 삶을 다룬 이야기이기 때문입니다.

아내로서, 3자녀의 어머니로서, 회사 운영자로서, 겪어왔던 이야기는 바로 오늘을 살아가는 우리의 이야기입니다.

사랑하는 남편을 떠나보내면서 느끼는 그 애틋함과 남편의 그 깊은 사랑,

자녀교육의 총체적인 실패, 회사를 경영하면서 당했던 배신과 속임 등을 겪으면서 그 모든 일들을 어떻게 극복할 수 있었을까요?

그것은 바로 하나님을 믿는 믿음의 힘이었습니다. 자신의 그 무엇이 아니라 자신을 세밀하게 돌보아주시고 지혜를 주신 분이 있었기 때문입니다.

수십 년간 교회 생활을 하면서 겪은 회의와 좌절, 그리고 확신과 승리 등을 잘 표현하고 있습니다.

공미연 권사는 이제 성공의 길로 들어선 CEO입니다. 그가 삶에서 겪으면서 힘들어하고 고뇌했던 그 모든 것이 바로 우리의 삶에 도움이 되리라 확신하는 바입니다. 이 책을 읽는 모두가 승리의 인생 역정이 되기를 소망해 봅니다.

(전) 열매교회 김수태 목사

그동안 알지 못했던, 만나서는 할 수 없었던 이야기가 공미연 권사님의 함박웃음처럼 유쾌하게 담겨있습니다.

권사님의 희로애락에 같이 울고 웃고, 이해하고 고마워하다가 또 행복해집니다.

글을 읽으며 해방에 대해 생각하게 됩니다.

율법에 대하여, 죄에 대하여, 세상에 대하여 진리로 자유로워지는 과정들,

모든 삶과 권사님의 의식 속에 매어있는 것으로부터 무엇인가 벗어 던지는 것 같은 모습들,

오직 진리로 자유롭게 되는 그 시간 속에 같이 홀가분해지는 기분을 느낍니다.

그녀가 최선을 다한 신앙생활에도 삶의 무거운 짐은 존재합니다.

남편의 질병, 자식 셋, 사업, 자신의 지친 건강 상태까지, 아무리 보아도 버거워 보였습니다.

하지만 모든 것은 주님이 하셨습니다.

주님은 권사님을 어려움 속에서 더욱더 복음으로 세우시고 모든 삶을 예수님의 생명으로 서서히 살아가게 하셨습니다.

권사님의 모습은 굳은 얼굴에서 밝고 웃음과 은혜가 넘치는 얼굴로 변했습니다.

주님의 은혜입니다.

책을 읽어 내려가다 보면 권사님과 마주 앉아 주님이 그녀의 삶속에서 살아 주시는 이야기를 재미있게 듣고 있는 것 같습니다.

그 이야기 안에서 기쁨과 즐거움과 그 영광을 함께 누립니다.

읽는 모든 분이 권사님이 누리는 은혜를 같이 누리시기를 바랍니다.

사랑합니다, 권사님.

금빛교회 고성자 목사

마리아가 요셉과 정혼하고 동거하기 전에 성령으로 잉태된 것이
나타났더니

그 남편 요셉은 의로운 사람이라. 저를 드러내지 아니하고 가만히
끊고자 하여

이 일을 생각할 때에 주의 사자가 현몽하여 가로되 다윗의 자손 요셉아
네 아내 마리아 데려오기를 무서워 말라 저에게 잉태된 자는 성령으로 된
것이라.

아들을 낳으리니 이름을 예수라 하라 이는 그가 자기 백성을 저희
죄에서 구원할 자이심이라.

(마태복음 1장 18-21)

처음으로 책을 내기로 마음을 먹고 제목을 생각했다.

막상 책을 낸다는 말을 꺼내놓고 보니 평가받는 것에 대한
두려움이 몰려왔다.

그러다 뭐 내가 쓴 것도 아니고 주님이 마음을 주신 것이기에
내가 긴장할 일이 아니다 싶었다. 베스트셀러가 되고자 하는 것도
아니고, 그저 복음을 전하고 싶은 마음에서 출발한 일이기에

진즉에 써놓은 글 중에서 제목을 찾으려 했다.

　평생 임신이라는 글이 떠올랐고 주님이 우리를 품고 가시는 구원의 삶을 임신이라는 단어로 표현했다.

　임신~

　기다리는 사람, 원치 않는 사람, 당황한 사람 등등 누구에게나 기쁜 일은 아닐 것이다.

　마리아에게 더군다나 처녀에게 임신이라니 있을 수 없는 일이 일어났고, 하루하루 배 속에서 생명이 자라나고 있는 감당하기 어려운 일이 일어났다.

　동네 사람들, 요셉, 이스라엘의 문화와 규례 틈에서 임신을 숨길 수가 절대 없을 테니 말이다.

　'처녀가 임신을 해도 할 말이 있다'라는 우리네 말이 있지만 가장 큰 수치일 것이고 여자로서는 감당하기 어려운 일이다.

　숨길 수 없는 임신을, 감출 수 없는 배를 드러낸 다는 것은 죽음과 바꾼 담대함이 아니고는 있을 수가 없다.

　성령으로 임신을 했고, 성령으로 마리아의 배 속에서 자라나기에 마리아의 심령 또한 성령의 강권하심이 있었으리라.

　출산하기까지 마리아는 배 속의 아이 예수를 어떤 마음으로 품고 있었을까.

　하나님께서 구원이라는 복음을 전하여주고, 구원의 실재가 되는 성령을 우리 안에 들어오도록 하셨다. "저가 내 안에, 내가 저 안에(요한복음15:5)" 완전한 구원, 완벽하게 합법적인 구원, 다시 돌아가지 못하도록 완전한 장치로 성령과 하나 되게 하신 시스템.

하나님의 지혜로 이루신 구원을 임신이라고 명명했다.

그것도 평생 임신으로 말이다.

성령의 생명으로 하루하루 커져가는 우리 안의 예수.

마리아의 배가 불러와서 다른 이들이 알아본 것처럼 우리의 배도 성령으로 불러올 것이다.

우리 안의 예수가 자라날 것이다.

열 달이면 육체의 예수가 태어났지만 우리 안의 예수는 영원히 우리와 함께 있다.

육체로 출산하는 것이 아니라 우리 육체를 통해 삶의 열매가 열리는 것이다.

세상 누구나 알아볼 것이다. 알아보게 되어있다.

우리 안에 예수가 있다는 것을.

주님 역시 평생 임신이다.

나를 품고 이 땅의 끝까지 함께 가실 것이기에 말이다.

이런 영광을, 이런 축복을 나누고 싶다.

성령을 품고, 성령과 함께, 성령의 도우심까지.

영적인 부모이신 김수태 목사님(전 열매교회), 고성자 목사님(현 금빛교회)께 감사를 드립니다.

철없고 부족한 아이를 부모이기에 품고 가시는 인내에 경의를 표합니다.

이 글을 책으로 내자고 강권한 나의 베프이고 기도의 동역자인 금아, 든든한 아들 석재, 요한이에게 감사의 말을 전합니다.

나의 건강을 위해 기도하고 성의를 표해준 나의 지인들께도 고맙다는 말씀을 올립니다.

2022년 여름

공미연

차례

1부

평생 임신

남녀가 만나 결혼이라는 제도 속으로 들어온다.

결혼을 한다는 것은 일가를 이루고자 함이고.

그 일가에는 반드시 아이가 있어야 한다.

아이가 없어도 괜찮다며 시작한 결혼 생활도 얼마 지나지 않아 아이를 원한다.

아이를 갖는다는 게 예전(어릴 적)에는 별 생각도 없이 잠자리를 가지면 쉽게 생기는 것으로 여겼다.

주위의 아줌마들이나 할머니를 보면 아이를 갖는 것이 넘 쉬운 일처럼 보였었다.

생명의 외경함을 갖기엔 누구나 흔한 일이었다.

요즘 많은 이유로 난임과 불임이 많아졌다는 소식을 접한다.

그만큼 임신은 특별함이 되어버렸다.

자녀의 수도 적어지다 보니 생명을 갖는 관심과 사랑도 지대하다고 본다.

임신의 불안함을 털어줄 혼전 임신이라는 소식은 반가울 지경이다.

혼전 임신이 최고의 혼수라는 말이 생겼으니 말이다.

혼전 임신~

마리아에게 그런 불명예가 씌워졌다. 지금과 달리 그 당시에는.

성령으로 잉태한다는 사실이 실재가 되어 생명이 마리아의 배 속에서 움직인다.

예수를 품는다는 의미를 마리아는 알게 됐을까.

남녀 관계없이 아이가 생긴 것에 대해 마리아의 당황함과 신기함을 그 누구도 이해할 수준이 아니다.

"요셉아, 네 아내 데려오기를 무서워 말라. 저에게 잉태된 자는 성령으로 된것이야."(마태복음 1:20)

요셉에게 주의 사자가 나타나 말씀을 전해주었을 때 요셉은 구원자 예수의 의미를 알고 있었을까.

모든 것이 황망하다.

모든 것이 난감하다.

마리아는 생명의 생동감을 알기에 부정할 수 없었을 것이다.

요셉은 부정할 수도, 인정할 수도 없는 딜레마에 빠졌을 것이다.

주위의 사람들을 어떤 말로 설득시키고 납득시킬 수 있을까.

예수님이 오셨다. 그리고 죽으셨다. 그리고 부활하셨다.

그리고 영으로 찾아 오셨다.

내 안에.

마리아에게 성령으로 잉태된 것이 나에게도 일어난 것이다.

성령으로 잉태된 예수가 영으로 나를 임신시켰다.

생명이 움직이고 있다.

내가 그리스도와 함께 십자가에 못 박혔다는 말씀(갈라디아서2:20)이 삶으로 드러날수록 생명은 자라나고, 활발함이 넘친다.

지극히 높으신 이의 능력이 너를 덮으신다는 천사의 소리는 지금 우리 귓가에도 들려진다.

　세포 곳곳을, 혈관 곳곳을 청소하신다. 어둠의 마음이 괴로워 견딜 수 없게 하신다.

　창조자의 능력이 나를 장악하신다.

　예수를 품은 자다. 예수가 사는 자다.

　그리고 나 혼자 살아내지 말라고, 도우시겠다고, 어떤 일이 있어도 떠나지 않으신다고.

　전능자의 약속이 내게 임했다.

　나를 평생 임신이라는 명예와 기적을 허락하셨다. 아니 영원 임신이다.

　전능하신 주님을, 창조주 주님을 잉태했다.

　내 안에 생명으로 오셔서, 나의 정체성을 바꾸시고, 나의 근원을 하늘 아버지와 동일하게 하셨다. 말문이 막힌다. 어찌 이럴 수가.

　평생 임신이다.

　영원 임신이다.

　아이를 간절히 기다린 여인에게, 아이를 갖지 못한 여인에게 기쁜 소식이 날아왔다. "임신하셨습니다. 축하합니다."

◉ 평생 임신
– 두 번째 이야기

엄마의 산도를 통과한 아기가 울음을 터뜨린다.

그 길고 어둡고 축축한 길을 죽을힘을 다해 헤쳐 나와 빛 앞에 모습을 드러낸다.

그 길은 끝나지 않을, 끝이 없을 것 같았는데 뭔지 모르는 힘이 등을 밀었다.

공포와 두려움의 기준치는 인생 최고다.

울음과 함께 큰 호흡을 한다.

안도의 숨이다.

"휴~ 살았구나."

분만실의 차가움을 느낄 사이도 없이 따뜻한 손이 나를 감싸 안았다.

커다란 모포가 나를 충분하게, 넉넉하게 덮었고 나는 이내 안도와 평안함에 잠이 들었다.

"미연아~. 네.

나를 만나줘서 고맙구나.

주님이 만드셔 놓고서는 헤헤.

네가 잘 커줘서 정말 고맙고 대견하구나.
주님이 길러 주셨잖아요.

네가 나를 잘 따라줘서 더할 나위 없이 기쁘단다.
주님이 나를 그렇게 인도하셨잖아요. 지팡이와 막대기로요.

네가 자라나는 모습에 난 웃지 않을 수 없단다.
주님이 주신 생명으로 살아가니까 그렇지요.

네가 멀리 안 가고 내 곁에 계속 머무르니 신통하구나.
주님하고 있는 게 훨씬 좋아졌어요.

네가 참고 양보하고 배려할 수 있다는 게 칭찬을 안 할 수 없단다.
주님의 마음이 자꾸 느껴져서 안 할 수가 없어요.

미연아~ 이젠 두렵지 않지?
그럼요. 주님의 품 안에 있어서 무서울 게 없어요.

그래, 그래
널 영원히 품고 갈 거야.

헤헤~ 주님이 임신하셨네.

머리카락

아파트 현관문을 열고 나가는데 앞집에서도 동시에 현관문이 열린다.

앞집에 마실 온 할머니시다.

고개를 숙여 인사를 하고는 엘리베이터를 함께 탄다.

내가 엘리베이터를 타면 늘 하는 일이 거울을 보고 헝클어진 머리카락을 손가락빗으로 대충 빗어 내리고 핀을 다시 꽂는 것이다.

그 광경을 지켜보신 할머니께서 하시는 말씀이 " 어휴 머리가 보기 좋아. 나두 예전에 이러진 않았는데 숱이 없어. 얼마나 좋아. 예뻐." 하신다.

난 헤헤 웃으면서 "그래요?" 답을 한다.

미장원에 가서도 노인 분들께서 내 머리를 보시면서 하시는 말씀이 비슷하다.

부러워하시는 말씀이다.

내 머리카락에 대해 자존감이 오랫동안 넘 낮게 살아와서 그런 칭찬이 피부에 닿지 않는다.

중학교 때 단발머리를 하고 다니는데 머리숱이 많고, 곱슬기에다 돼지털이라고 할 만큼 굵고 뻣뻣하고 푸시시해서 실 핀으로 고정이 잘 안됐다. 한 날엔 교무실에 들어섰는데 "미연아, 이리 와 봐."
음악 선생님께서 자리에서 일어나 내 머리에 있는 핀을 빼서 다시
꽂아주셨다. 그러나 이내 핀은 힘을 잃고 머리카락과 핀이 앞으로
쏟아졌다. 가느다란 실 핀 하나로 뻣뻣한 머리카락을 고정한다는
게 무리였다. 그래도 그때가 사춘기였는데 중학교 3년을 볼품없이
보내야 했다. 스트레이트 펌도 없는 시절이었다. 친구 연숙이의
머리카락은 일명 찰머리라고 해서 바람에도 나풀나풀, 작은
움직임에도 찰랑찰랑 반응을 한다. 얼마나 부러웠는지 모른다.

중학교 졸업 앨범에도 머리카락이 부시시하다. 물론 사진
찍는다고 빗질은 했다. 이런 나에게 이제 나이가 육십이 넘어
부러움의 눈빛과 말들이 돌아온다.

펌을 하지 않아도 한 달에 한 번씩 커트만 한다.

잘 빠지지 않고 풍성해 보이고 곱슬기는 그럭저럭 대충 사는 데
최적이다.

사람이 일생 동안 살면서 단점이 장점으로, 장점이 단점으로 바뀔
수 있다는 게 참 다행이다 싶다. 자랑할 것도 움츠러들 것도 없다.

● 시어머니

전화가 울린다. 그것도 새벽에.

구십 넘은 시어머니의 기어들어가는 소리가 들려온다.

병원에 데려다 달라는 소리는 못 하시고

119 구급차를 불러서 요양보호사와 가시겠단다.

다행히(?) 비가 와서 사무실 일이 없고

119 구급차를 타고 가서도 보호자가 필요하니

입원 준비를 하시라고 다시 전화를 드렸다.

사무실 일을 대충 정리하고는

부리나케 송전으로 차를 몰아 어머니를 태우고

동백에 있는 세브란스 병원 응급실에 갔다.

접수를 하고 기다렸다.

간호사가 와서 침대를 지정해주고는 팬티만 입고 나머지는 다

벗으라며 환자복을 건넨다.

어깨도 불편하고 앉았다 일어나기도 어려운 어머니의 옷을 겨우

벗겨드렸다.

체구도 작고 바싹 마른 어머니의 젖이 축 늘어져 있다.

그리고는 마른 젖 위에 겨우 붙어있는 젖꼭지가 순간 눈을 타고

내 마음속으로 들어왔다.

그 젖꼭지를 빨던 아들이 없다는 사실에 왈칵 눈물이 솟는다.

어머니의 젖으로 생명을 이어갔던 아기는 이제 이 땅에 없다.

모두들 그렇게 애쓰며 살다가 가는 것을......

● 편지

여보~

내가 당신을 부르면 당신은 듣고 계시고

육신의 소리는 들리지 않지만

나의 말에 영으로 대답하고 있는 것을 알아요.

아들을 그렇게 바랐던 당신이 석재가 태어나 많이 기뻐했지요.

장손인 당신은 대를 이어야 한다는 무게감이 있었는데 아들을

낳았으니 안도감이 컸지요.

당신은 금아나 요한이보다 석재를 더 아꼈지요.

석재가 자라면서 말썽을 피워도 야단을 안치는 당신의 모습에 난

약이 오르곤 했지요.

사고뭉치인 아들에게 싫은 소리 안 하고, 난 석재를 바르게

키워보겠다고 파리채가 부러지도록 팼을 때,

당신은 석재를 꼭 끌어안아 주었지요.

난 당신의 사랑에 불만을 가졌지요.

당신의 사랑을 매도했지요. 잘못했을 땐 벌을 줘야 한다면서.

석재가 겨우 인문계 고등학교에 진학하고, 정말 기적같이 대학에

꼴찌로 붙었을 때였어요.

당신은 회사에서 엄지발가락의 인대가 끊어져 병원에 입원해
있었는데 석재의 합격 소식을 듣고 눈물을 흘렸지요.

그리고 청소년학과를 졸업하면 취직이 되겠냐면서 염려를
했었지요.

군대를 다녀와 법학과를 복수전공하겠다는 아들을 보면서
대견하기도 했지만, 그 어려운 공부를 해낼 수 있을지 내심
불안했을 거예요.

대학 졸업식에서 두 개의 학위를 받은 아들이 자랑스러웠지요?

서울로 취직이 되어 중고차를 사러 함께 가기도 했고요.

당신의 핸드폰에 저장된 아들의 닉네임이 장한 아들이듯이,

외국계자동차회사에 이직을 해서 어릴 때부터 그토록 좋아하던
자동차 회사에 다닌다고 기특해하셨지요.

여보~

그 장한 아들이 서른한 살에 과장으로 진급을 했어요.

당신이 계셨다면 얼마나 기뻐하고, 흐뭇해하셨을까요.

일명 양아치였던 아들이 잘 자라주어 자신의 몫을 해내며
살아가는 모습에 당신은 자랑하고 싶었을 거예요.

생전 자랑과 허세가 없는 당신이 말이죠.

"석재야, 잘했다. 수고했다. 역시 우리 아들이야."

나이도 어리고, 입사한 기간도 짧고, 게다가 졸업한 학교도
회사에서는 낮은 수준인데 승진을 했으니 주님의 도우심이고
당신이 하늘에서 기도한 덕분이에요.

맨날 덤벙대고, 흘리고 다닌다고, 회사 생활도 저럴 거라며
놀리기도 했지만, 그 말에 석재는 웃으면서 촉망받는 우수
사원이라고 넘겼지요.

당신과 나는 그 말을 들으면서 얼굴을 쳐다보며 웃었지요. 정말
그럴까 의심도 하면서요.

그러나 내심 석재의 말이 실재가 되길 바라면서요.

여보~

울지 말라고, 당신이 잘 해낼 거라며 당신이 떠날 때 하신 말이
생각나네요.

나와 세 아이, 많은 빚과 사무실 일.

당신이 떠난 지 일 년이 되어가네요.

당신이 염려했던 많은 것이 정리가 되었고,

우린 당신의 부재에도 잘 살아가고 있어요.

금아에게 엄마 곁에서 엄마를 도우라고 당부하셨지요. 금아도
요한이도 나를 위해 기도하고, 마음 써주고 노력을 많이 해요.
당신이 하늘에서 보듯이 말이죠.

든든한 석재는 말 그대로 장남이에요.

흔들림이 적고 심지가 깊어요. 당신을 닮은 거라 여겨요.

여보~

당신이 애쓰며 이룬 것을 누리며 살고 있어요.

당신이 넉넉하면 우리에게 후하게 인심을 썼을 텐데 아쉬워요.

나 알잖아요. 돈 쓰는 데 남들보다 뒤지기 싫은 거 말이죠. 당신 대신 인심을 푹푹 쓰며 살아요.

당신을 추억하면서요.

천국에 계신 당신의 이름을 단 하루도 부르지 않은 적이 없어요.

당신의 인내와 헌신, 희생에 아이들과 함께 감탄을 한답니다.

여보~

많이 고맙고 감사해요.

수없이 반복하고, 또 반복해서 말해도 부족하네요. 고마워요. 감사하고요.

살면서 고백하지 않았던 말을 꺼내봅니다.

사랑해요~

아버지와 나

주님의 최대 관심사는 나의 영혼이다.

내 영혼을 소생시키시려고 죽음까지도 불사하셨다.

이게 정말 말이 되는 얘기인가.

죽었는데 그것도 가장 비참하고 처절하게 죽으셨단다.

내 영혼이 뭐라고.

내 영혼이 주님의 생명하고 바꿀 만큼 그렇게 소중하고 귀한 것인가.

자녀를 죽을힘을 다해 출산을 한다.

태어난 자녀를 처음 본 순간 손과 발이 정상인지 확인한다.

밥은 물론 밤잠을 포기하면서 자녀를 기른다.

오직 건강하고 똑똑하게 키우고 싶은 열망에 모든 도구를 동원하고, 자원을 충족시키려 안간힘을 쏟는다.

자녀는 키가 자라고 체격이 좋아지면서 부모와 더욱 틈새가 벌어진다.

대화가 줄어들고 소통이 없다.

내가 지불한 모든 것에 열매가 보이지 않으면서 관계는 극으로 치닫는다.

자녀의 영혼에 관심을 놓쳐버린 결과다.

세상의 기준에 맞는 아이로 생산하려고 했던 결과다.

복음이 찾아왔다.

내 영혼에 모든 것을 지불하신 주님이 들어오셨다.

교회 생활에서는 세상의 기준에 맞는 성공을 가르쳤었다.

이제야 신앙생활의 문이 열린다.

영혼이 강건해야 파도처럼 밀고 들어오는 세상 염려와 근심,
걱정에서 휩쓸리지 않고 건짐을 받는다.

영혼이 쉼을 누려야 제대로 숨을 쉴 수 있다.

영혼이 안정감으로 채워져야 주님을 오래 바라볼 수 있다.

인력사무실을 운영한 지 2년이 넘었다.

일 년은 남편의 도움으로 운영했었고 남편이 떠난 후에는 나 혼자
이끌었다.

인부를 데려다 쓰고는 인력비를 주지 않는 업체가 간혹 있다.

전화로 주문을 받기에 얼굴도 모르고, 업체도 모르면서 인력을
보낸다.

인력비를 주지 않는 업체에 인력비를 달라고 전화를 수십 번씩 할
때가 있다.

전화를 받지 않으면 다른 사람의 폰으로 전화를 걸어본다.

주겠다고 대답은 하지만 그렇게 끝이다.

약이 오르고 분해서 욕도 해보고, 나의 억울함을 토로하느라 씩씩
열을 낸다.

마음이 어렵다. 내 영혼은 만신창이가 된다.

주님께 집중할 수가 없다.

한번은 남편의 투병 중인 사진까지 보내면서 동정심을 유발시켜 받으려고 했다.

그것도 소용없었다.

언젠가 한밤중에 전화기를 두 대를 놓고 백 번 넘게 번호를 눌렀다.

다음 날, 이달 말일에 주겠다고 문자를 보내왔지만 역시 거짓말이다.

물론 기도를 병행한다.

"주님, 돈 받게 해주세요. 돈을 주고 싶은 마음이 들게 해주세요."

그렇게 기도했지만 돈은 받지 못했다.

주님의 뜻이 조금씩 수면 위로 올라오기 시작한다.

주님이 이 일을 통하여 나를 가르치신다.

내 영혼이 더 이상 망가지지 않도록 주님이 마음을 주신다.

잃어버린 돈에 더 이상 마음 쓰지 않도록

"주님이 다른 쪽으로 채워주시고 갚아 주실 거야" 하는 평안함으로 이끄신다.

돈을 주겠다고 거짓말만 하는 사람에 대한 분노를 주님이 점점 줄여 나가신다.

어떤 거래처 사장의 전화번호는 아예 내 폰에서 지워버렸다. 돈을 받으려고 할 때마다 싸우게 되니 말이다.

돈을 주지 않는 사람에 대한 언급도 줄여 가신다.

모든 것의 초점을 주님께로 말이다.

그리고는 내 영혼을 보게 하신다.

아아~ 먼저 주님을 보아야 주님의 빛이 나를 둘러 비추심을 볼 수 있다.

나를 주님의 품 안에 넣고는 상한 영혼을 치유하시고 싸매신다.

모든 것의 소원과 기도의 제목은 언제나 내 육신의 풍요와 안락이었다.

풍요와 안락의 기반은 돈이었다.

유독 주님이 행하신 기적에 소경이 눈을 뜨는 장면이 많다.

성경을 읽고, 방언 기도를 하고, 은사로 예언을 하고, 귀신을 쫓아내는 사역을 했지만 내 영혼의 상태를 볼 수 없는 소경의 짓이었다.

자비하신 주님이 생명을 버리면서까지 내 영혼을 살리심이 무엇인지, 영혼의 안식이 왜 필요한 지 잠 못 이루게 하신다.

그렇게 지독하게 포기하지 않으신 주님의 고집과 책임감이 지금의 나를 키우셨음에 마음이 떨린다. 깊은 바닷속의 고요함과 부드러움을 느끼게 하신다.

아버지~

당신은 무슨 맘으로 사람을 만드셨나요?

당신이 만든 사람에게 그토록 배신을 당해놓고는 그 사람 살리시겠다고 불구덩이로 들어오시다니 당신의 계산법은 죽어도 이해하기 어렵네요.

그리고 또 더럽기가 말로 다 할 수 없는 사람에게 스스로 들어오셔서 같이 살자고 하시니 이게 어찌된 일인가요. 더 말이 안 되는 것은 같이 살게 된 사람에게 의인이라고, 거룩하다고.

에구, 참말로 당신은 미련하신 건가요.

그래서 세상 사람들이 조롱하잖아요.

맨날 지고, 포기하고, 양보하니까 무능력한 신이라고 말이죠.

아버지~

그런 당신과 함께 지낸다는 것이 얼마나 기쁘고 행복한지 알게 됐으니 상관없어요.

내 영혼의 안식이 당신으로 인해 누려지니 이 세상 것이 부러울게 없어요.

영혼이 단단해져가니 담대함이 생기네요.

내 영혼을 소생 시키시고 자기 이름을 위하여 의의 길로 인도하시네~

● 영혼
- 동생

세 살 아래의 동성인 동생은 어릴 적부터 관계 맺기가 어려웠다.

위의 오빠와 아래 여동생 사이에서 난 엄마 눈에 들기 위해
심부름도 잘하고, 공부도 알아서 잘 하는 편이었다. 그러면서도
동생과 오빠 사이에서 트러블의 주범 역시 나였다.

엄마가 늘 철벽을 쳐주는 오빠, 아버지가 "세상에나"하면서
예뻐해 주는 동생.

그 사이에서 시기와 질투로 어린 심령을 채워갔고, 오빠와 동생을
오가며 심술도 꽤나 부렸다.

아버지의 든든한 배경 아래 있던 동생에게 이길 수 있는 길은
"공부도 못하는 년."이라고 욕을 내뱉는 것이다. 그 말에 동생은
자기보다 똑똑하다고 인정한 나에게 결국 대응하지 못하고 울었다.

그런데 동생과 나는 같은 대학을 나왔다는 것이다.

결혼 후에도 동생에게 가르치고 지적질하고 훈계하고
다그치기도 했다.

"언니는 항상 내 말과 행동에 비아냥거린다."라고 대들었다.

동생의 마음은 점점 굳게 닫혀 갔고.

똑똑한 언니의 삶이 별 신통치 않았으니 깊은 소통은 어려웠다.

내 안에 오랫동안 동생을 향해 우월감을 갖고 살아왔기에 동생은 나의 말에 수긍하거나 인정하지 않았다.

여러 가지 갈등으로 수개월씩 연락을 끊고 지내기도 했다.

관계가 좋아져서 함께 해외여행도 다녀오긴 했지만 근본적인 화합은 어려웠다.

동생의 가정의 문제를 내가 해결해 줄 것처럼 조언을 하고 방법을 제시하면서 동생은 또 상처를 받곤 했었다.

나는 동생에게 미안함의 보상으로 물질적으로 도움을 줬지만 마음의 밭은 갈아엎지 못했다.

신앙을 권유하고 교회 안으로 몇 발자국 들여 놨지만 결국 신앙생활로도 이어지지 않았다.

어제 딸과 동생과 함께 셋이서 식사를 했다.

음식을 앞에 두고 각자 식사기도를 하는데 내가 고개를 들어 옆을 보니 동생은 여전히 기도 중이었다. 난 놀라서 기도가 끝난 후에 "너두 기도하네. 그것도 길게" 하면서 웃었고 동생은 "기도해야지" 하면서 함께 웃었다.

주님이 주신 은혜로 영혼에 관심이 생긴 후에 말이다.

아주 조금씩 내가 부서지면서 동생의 심령을 내가 건드리지 말아야 한다는 각오가 생기면서 변화가 생기기 시작했다.

나의 마음가짐이나 태도가 달라지니 전보다 훨씬 편안하고 즐겁게 시간을 보냈다.

주님만이 동생의 영혼에 관여하실 수 있다.

난 더 이상 동생의 마음에 생채기를 내서는 안 된다.

죽은 영혼에 주님의 영이 담겨지고 채워지기를 기도할 뿐이다.

하나님의 영으로 소생케 되기를, 나로 인해 주님의 길이 방해받지 않기를 기도한다.

이 세상은 이미 주님의 보혈로 덮여져 있기에 그 누구도, 어떤 자라도 영혼이 살아날 수 있다. 그 기회를 내가 막을 이유가 없다. 그래서 그 누구도 용서받지 않을 수 없다.

주님~

당신의 열망이 무엇인지, 죽음으로 표현하신 그 사랑을 알게 하소서.

동생의 영혼에 당신의 생명을 담으사 기쁘고 자유한 자로 살아가게 하소서.

● 영혼
- 찬송가 412장

내 영혼의 그윽히 깊은 데서 맑은 가락이 울려 나네.

하늘 곡조가 언제나 흘러나와 내 영혼을 고이 싸네.

평화, 평화로다. 하늘 위에서 내려오네.

그 사랑의 물결이 영원토록 내 ~ 영혼을 덮으소서.

우리 안의 죽었던 영의 자리에 다시 찾아오신 주님~

주님이 나를 영의 사람이 되게 하시어 주님과 소통하기 원하셨다.

그러나 세상의 분주함과 염려로 나의 영혼의 문이 닫혀있다.

주님은 탄식하며 기도하신다.

문이 열려지기를~

나의 영혼이 다시 살게 되었음을~

그래서 나의 영혼이 영광과 능력으로 채워져 있다는 사실을 알 수 있기를~

문이 열리는 작업을 쉬지 않으신 주님.

쉼을 아예 모르는 나에게 육신의 고통(메니에르)을 통해 눕게 하셨다.

누워서 꼼짝을 못해도 쉼은 없었다. 머릿속에서는 해야 할 일이 넘쳐났기 때문이다.

　조금이라도 나아지면 육신의 움직임은 계속된다.

　머리와 가슴은 도통 쉴 줄 모른다.

　다시 메니에르로 어지럽고 토하기까지 한다.

　정신을 차릴 수 없을 지경까지 다다른다.

　영혼의 그분으로 쉼을 누리라고 가르치는데,

　오히려 주님을 원망한다. 왜 아프게 하시냐고.

　하나님의 나라가 임했다고, 그래서 성령 안에서 의와 평강과
희락을 누리라고,

　목사님은 한 시간이 넘게 설교를 하신다.

　말씀을 암송하고, 귀로 듣지만 하나님 나라 자체를 모른다.

　흑암의 권세 아래 있던 나를 하나님 나라로 옮겨놨다는데 무엇을
받았는지, 무엇이 바뀌었는지

　내 영혼의 상태가 어떻게 된 건지 도통 모른다.

　육신이 편하면, 별 고통이 없으면 하나님 나라를 누리고 있는
듯한 착각에 빠진다.

　복음을 아는 것처럼, 주님과 긴밀한 관계를 맺고 있는 듯한
착각이다.

　말씀으로 생각의 수레바퀴를 세운다.

　염려를 붙잡아 말씀 앞에 매달아 놓는다.

　방해물들이 수면 위로 떠오르면, 진리의 빗자루로 쓸어버린다.

매일 배설물을 쏟아내듯 말이다.

영혼 깊은 곳에서 조금씩 조금씩 하늘의 평화가 흘러나옴을 본다.

숨을 크게 들이쉬었다 내뱉는다.

"염려한들 할 수 있는 게 없네."

그 어떤 것도 주님께 배우지 않고는 제대로 알 길이 없다.

내 영혼의 닻을 오직 주님께 내려놓고 흔들리는 풍랑을 진리로

잠재운다.

오호~ 주님.

쉬고 싶어요. 참 안식을 가르치소서.

천만 원

사무실 화장실 청소를 시작했다.

고무장갑을 끼고 세제를 뿌리고 수세미로 변기와 바닥을 힘껏 문질렀다.

그리고 수도를 열고 호스로 물을 뿌렸다.

그때다. 남편 생각이 든 게.

남편은 혈액암 진단을 받았다. 얼마 지나지 않아 급성 백혈병으로 전이가 되면서 조혈모세포가 필요했다.(예전엔 골수이식) 형제들의 유전자 검사를 했고 다행인지, 불행인지 둘째 삼촌하고 일치했다.

동서는 반발했다. 삼촌도 동서의 의견을 이유로 동의하지 않았다.

우리 가족은 애를 태웠다. 가까스로 조혈모세포를 주겠다고 해서 남편은 입원했는데 동서는 병원에 찾아가 우리 남편이 잘못되면 당신들이 책임질 수 있느냐고 항의했다.

병원에선 동서의 말로 남편에게 그냥 퇴원하라고, 진행할 수 없다고 했다.

삼촌에게 전화를 걸었다. 제발 도와 달라고. 간절히.

그렇게.

작은동서의 마지못한 동의로 삼촌이 남편에게 조혈모세포를 이식해줬다.

이식 후 남편과 천만 원을 봉투에 담아 동서네를 방문했었다.

형님들도, 시어머니도 오산 친정엄마도 삼촌에게 감사의 표시를 했다.

조혈모세포 이식 후 회복되는 기미가 보이는 듯하더니 몇 개월 후에 다시 재발이 됐다.

의사의 말로는 조혈모세포를 준 동생에게 림프구를 다시 달라는 것이었다.

헌혈하는 정도라고 의사는 말했다.

삼촌은 끝내 나타나지 않았고 남편은 동생의 림프구를 기다리다 마음이 상할 대로 상해 퇴원했다.

의사는 동생 분에게 연락이 없냐고 병원에 갈 때마다 물었다.

남편은 고개를 숙이고 말을 잇지 못했다.

항암을 하면서 버티다 급성 폐렴과 패혈성 쇼크로 끝내 명을 이어가지 못했다.

죽음을 앞둔 남편은 끝내 마음을 돌이키느라 애쓰면서 동생에게 감사와 용서의 문자를 핸드폰으로 전송했다.

"사람의 생명은 하나님께 달려 있지, 네가 림프구를 준다고 사는 것도 아니니 너무 미안해하지 마."라는 긴 문자를 남기고 남편은 돌아갔다.

동서네 가족은 남편 장례식에 와서는 죄인처럼 굴었다.

남편의 마음을 돌이키고자, 동생에게 가진 서운함을 풀고자 함께 기도하고 말씀을 전했으면서 정작 나의 마음은 동서네를 향해 굳게 닫아놓고는 미움과 분노를 키워갔다.

"여보, 사람의 생명은 하나님께 달린 거야, 강문이(삼촌 이름)가 당신의 생명을 살리는 게 아니라고." 여러 번, 아주 여러 번 내 입에서 뱉어냈음에도 내 마음 밭은 잡초와 독초로 가득했다.

심지어 너도 이런 일을 겪어 내 심정을 알았으면 하는 마음도 있었다.

아이들이 심한 말로 동서네를 향해 분노를 표출할 때 그러지 말라고, 아빠가 용서하고 가셨는데 그러면 안 된다고 말을 했다. 철저하게 위선의 탈을 쓰고 있었다.

위선의 탈은 하나님을 이용해서 응징의 마음으로 기도하기에 이르렀다.

"예수의 이름으로 동서에게 가져다 준 천만 원은 돌아올지어다." 큰소리로 기도를 했다.

아니 그것보다 내게 와서 무릎 꿇고 미안하다고 사죄하면서 돈을 돌려주는 그림을 그리며 기도를 했다.

주님은 내 편이기에 그리고 나는 정당하니까 말이다.

그러나 남편이 떠난 지 일 년이 되었지만 내가 기도하고 그렸던 일은 이루어지지 않았다.

주님은 일하고 계셨다.

내 남편만 살리고자 했던 마음은 이기적인 것은 아닐까.

삼촌이 림프구를 줘야 하는 의무도 없는데 우리는 뭐 받아내야 하는 빚처럼 여기고 있었구나.

형제라는 이유로 동서네에 대해 도덕적인 비난을 여러 사람에게 떠벌렸구나.

내 마음을 만지시면서 동서가 자기 남편에 대한 건강의 두려움이 컸겠구나 하는 마음을 주셨다.

두려움에 붙들리면 작고, 사소한 것도 엄청나게 크게 다가오는데 삐쩍 마른 남편의 건강을 걱정하는 동서의 행동은 당연하겠지.

내가 동서의 상황이라면 난 어땠을까. 섭섭하고 분한 마음의 덩어리가 조금씩 부서져 나가기 시작했다.

동서와 삼촌에게 문자를 보냈다. 남편 1주기를 맞이해서.

마음의 짐을 내려놓으라고,

삼촌이 조혈모세포를 줘서 조금 더 살 수 있었다고. 감사하다고. 건강하라고,

주님~

당신이 이기셨어요.

나를 이기셨다고요. 눈물이 앞을 가린다.

● 집

아이들과 추석을 맞이해서 제주도 여행을 떠났다.

제주도에서 5성급이라는 호텔에서 2박을 머물렀다 돌아왔다.

태어나 처음이지 않을까.

신혼여행으로 제주도 하이야트호텔에 머물렀지만 별이 몇 개인지 모른다.

5성급이라고 뭐 특별한 게 없는 듯 보였는데 금아 말로는 침대 매트리스가 다르다고.

방 크기도, 트윈 베드가 있어도 다른 데보다 넓다고.

탁상시계에 있는 블루투스 스피커도 좋은 거라면서 음악을 틀었는데 진짜 좋았다.

냉장고 안에는 맥주와 탄산음료, 물이 준비되어 있고.

화장실 변기에 있는 비데도 최적이었다. 화장실 문을 열면 변기 뚜껑이 자동으로 올라간다.

욕조에 물을 받아 라벤더 오일을 풀어 몸을 담그니 그야말로 꿀이었다.

아침 조식도 오만 원짜리라고 한다. 식당의 뷰도 5층이어서 시야가 시원하고 음식 맛도 괜찮았다. 첫 번째 조식에선 나와 아이들은 기대가 컸던 차에 음식을 맘껏 가져다 먹었다. 요한이는 쌀국수가 맛있다고 두 그릇이나 가져다 먹었다. 식사 후에 금아와 나는 소화제가 필수였다.

　두 번째 날의 조식은 첫날에 비해 각자 적은 양의 음식을 먹었다. 몇 가지 음식의 종류가 바뀌었지만 이미 숙지가 되어 있어서 말이다.

　이튿날에는 호텔 내의 수영장에서 수영도 했다.

　리조트 내에 놀이공원이 있어서 놀이기구도 타고. 게임방에선 농구도 했다.

　그야말로 모든 것이 갖추어져 있었다.

　아쉽다고 말하는 아이들과 집으로 돌아왔다.

　렌트카를 이틀 빌려 타면서 내 차가 아닌 불편함에 아이들은 한 소리씩 했다. 공항에서 계양역으로 전철을 타고 이동해서 주차장에 주차된 차를 탔다. 모두 한소리씩 거의 동시에 말을 한다. "어휴, 좋아. 어휴, 편안해. 어휴, 깨끗해."

　현관의 버튼을 누르고 집으로 들어간다.

　"어휴, 집이다" 그 표현에 모든 것이 들어 있다.

　익숙하고 적응되어 있는 집기와 침구.

　내 것이기에 불편함이 전혀 없다.

　다시 일상으로 돌아간 아침 기상에서 평안함과 편안함이 이불처럼 덮여 온다.

　내 집이 아닌 낯선 곳에서 아무리 최고급의 침구와 식사가 준비되어 있어도 그것은 잠시 뿐이다. 훌륭한 식사도 계속 먹는다면 질릴 것이다.

집에 돌아와 저녁으로 매운 라면을 끓여서 총각김치와 먹으며
우린 연실 맛있다고 탄성을 질렀다.

주님 품에 있다가 새로운 곳. 새로운 것에 마음과 육체가 머물 때
그것은 잠시 즐거움과 편안함을 줄 수 있다.

그러나 이내 불안감이 몰려온다. 내 자리가 아니기에. 내 것이
아니기에.

내가 가장 편안하게 누울 수 있는 곳, 안도의 숨을 길게 쉴 수
있는 곳은 주님 품이다.

나의 집, 나의 거처, 나의 것으로 누릴 수 있는 곳. 주님 품입니다.

2부

● 영혼

우리가 그리스도 안에 있다는 것은 영에 눈을 뜨는 것이다.

육신의 일밖에 모르던 자가 비로소 영혼에 관심이 생겨나는 것이다.

나의 영혼과 상대의 영혼에 귀 기울이는 것이다.

주님의 죽음이 우리의 영혼을 구하기 위해 지불한 값이다.

우리의 영혼이란 엄청나게 소중하고 귀한 것이다. (이 글을 쓰는 나도 내 영혼의 값을 모른다.) 주님이 생각하시고 치른 값이기에.

그렇게 주님이 세상을 이처럼 사랑하신 사랑의 표현이 십자가의 죽음이라니.

엄청난 값을 주고 사서 우리의 영혼을 구하셨고, 주님 안으로 안전하게 이끄셨다.

자녀를 기르면서 함부로 말하고, 잘못하면 가차 없이 막대기를 들었다.

반듯한 도덕과 윤리를 가르치고, 잘 길러야 한다는 책임감에 아이들을 억압했다.

폭력이 집안에 널브러져 있었다. 언제나 나의 폭력은 명분이 있었고, 아이들에게 폭력의 원인을 떠넘겼다.

폭력으로 아이들이 잘 크리라, 다시는 반복되게 하지 않으리란

어리석음으로 가득했다.

몰랐다. 아이들의 영혼에 대해서.

그들의 영혼에 심각한 상처를 입힌다는 생각은 일도 없었다.

잘 먹이고, 잘 입히고, 공부시키면 최고의 부모라는 마음이었다.

할 일을 다하는 부모이고, 당당한 부모라는 생각이었다.

손상을 입은 아이들은 반항하기 시작했고, 울부짖었다.

"뭐, 뭐야, 뭐가 더 필요한 거야, 왜 자꾸 이러는 거야, 뭐가 부족해, 해달라는 거 다 해줬는데 어떡하란 말이야?" 치료받지 못한 부모와 아이들은 한데 뒤엉켜 난장판이 된다.

교회에 다니면서 가정과 아이들의 회복을 위해 금식기도를 하고, 작정기도를 했다.

아이들과 가정예배를 드리고, 말씀을 암송하고, 성경을 쓰도록 강요했다.

주님이 나의 모습에 감동을 받으셔서 응답해 주시리라 믿고, 또 믿었다.

영혼과 육체는 걸레짝처럼 갈기갈기 찢어져 갔다. 지치고 지쳐서 포기에 이르렀다.

"주님~

살아 계시다면서 대체 뭐하시는 거예요?

남편과 아이들을 왜 변화시켜 주시지 않는 거에요?
나도 주님이 복 주셨다고 자랑하고 싶어요."

그리스도 안에 있다는 것이 대체 뭐가 어떻다는 것인가.
어떤 태도와 행동이 그리스도 안에 있다는 것인가.
어떤 느낌으로 살아가야 하는가.

하나님은 나를 다루셨다.
나의 자아와 육신의 힘을 빼면서.

진리의 말씀에 서서히 적셔져 간다.
내 영혼에 주님이 계신 증거가 보이기 시작한다.
주님의 위로하심이.

나의 영혼이 다시 소성케 되면서 서서히 아이들과 남편의 영혼이
눈에 들어오기 시작했다.
모두에게 치유하심과 위로하심이 전적으로 필요했다.

너무 늦은 감이 있는 후회였다.
그러나 하나님은 하나님이셨다.
다시 회복시키시고, 다시 만지시고, 다시 제자리로 돌려놓으셨다.

요한복음 3장 16절

눈물이 흐릅니다.

가슴이 떨립니다.

나를 알지 못하고 그저 열심히 해왔던 신앙생활의 옷을 벗습니다.

내가 누군지 알게 하시면서 예수님의 죽음이 무엇인지
가르치십니다.

예수님의 생명으로 새 삶을 시작하게 하심이 무엇인지
보여주십니다.

주님~

흐느낌 속에서 주님의 이름을 부릅니다.

어쩌자고 나에게 이런 일이.

내가 뭐라고.

내가 뭐했다고.

주님~

뭐라 표현할 길이 없습니다.

뭐라 예의를 갖춰 감사의 말을 드릴 게 없습니다.

무엇을 드려서 은혜를 갚을 수 없습니다.

사랑합니다.

정말 사랑해요.

눈물이 앞을 가리고, 목이 메어도, 사랑한다는 말을 꼭 전하고
싶어요.

흐르는 눈물을 손으로 닦아내며 다시 전합니다.

정말 사랑합니다.

주님~ 더 더 사랑하고 싶어요.

● 시어머니
– 두 번째 이야기

    남편에 대해 글을 쓰면서 가장 견디기 어려웠던 분은 시어머님일 거라는 생각을 했다.
    생각은 해 보지만, 시어머니의 마음을 헤아릴 수는 없다.
    90이 넘은 나이에 큰아들을 잃어버린 마음을 어떻게 이해할 수가 있을까.

    남편은 동생의 림프구가 필요했다.
    조혈모세포 이식 후에 다시 재발이 된 남편은 동생에게 전화를 걸었고 문자를 보냈다.
    동생은 답장도 없고, 전화도 안 받았다.
    남편은 초조하게 기다렸고, 끝내 답이 없는 동생을 향해 울었다.
    인생을 잘못 살았다고.
    병원에서 동생의 림프구로 수혈해야 하는데 언제까지 기다릴 수 없으니 퇴원을 명했다.

    그렇게 살고 싶어 했던 남편의 마음은 한없이 무너져갔다.
    하루하루 죽음의 날이 현실로 다가오는 남편을 옆에서 바라보는 안타까움이 점점 커져갔다.

벼랑의 끝으로 내몰리는 남편을 보면서 시어머니에게 전화를 걸었다.

작은아들에게 림프구를 형에게 주라고 왜 말을 못 하시냐고 야단을 쳤다.

아들이 죽어 가는데 왜 아무 소리도 못 하시냐고 소리쳤다.

나 같으면 석재가 그런 상황이면 요한이 보고 형에게 주라고 야단을 했을 거라며

시어머니를 가르쳤다.

시어머니는 다 죽어가는 소리로 "이 아들도 아들이고, 저 아들도 아들이니 뭐라 말을 할 수가 없다."라고 하신다.

문영이 애미(동서)가 허락을 안 하니 내가 뭐라 말을 할 수가 없다고 하신다.

난 이 상황을 이해할 수 없었다.

시어머니의 태도 또한 이해할 수가 없었다.

큰아들을 살리고 싶은 간절함은 나보다 더했을 텐데.

작은 아들의 림프구를 형에게 주지 않는 태도에 시어머니의 마음은 어땠을까.

큰아들의 죽음이 가까이 다가오는 걸 알면서 말없이 견뎌야 하는 시어머니의 마음을 내가 어찌 헤아릴 수 있을까.

장례를 마치고 돌아와 시어머니의 품에서 목 놓아 울었다.

시어머님도 통곡을 했다.

삼촌은 죄인처럼 서 있었다.

이 아들도 아들이고 저 아들도 아들이라는 말씀을 나는 이 땅에서
알지 않기를 소망한다.

정체성

　목사님의 설교에서 가장 중점을 두고 말씀하시는 것이
그리스도인이 갖는 정체성이라고 하신다.

　그리스도 안에 있으면 새로운 피조물이라는 말씀과 결코
정죄하지 않으시는 하나님께서 친히 주님의 생명으로 살아가길
원하신다는 것이다.

　오랜 신앙생활의 틀이 끊임없는 회개와 열심에 기초를 두고
있었기에 처음엔 목사님의 말씀이 심령에 닿지 않았다.

　교회 어디서나 기쁜 소식이라는 복음을 전하면서 그에 따른
행동은 언제나 율법주의(행동으로 보상과 의로움에 도달한다)를
강조해왔다.

　그래서 신앙생활은 거의 피곤함과 지침으로 일관해왔다.

　교회 안에서 늘 경쟁을 유발시키고, 격려가 아닌 타인의 칭찬과
비교로 인해 점점 의기소침하게 몰아갔다.

　그래서 보잘것없는 나의 정체성은 주님의 기억 속에 남아 있기나
한 걸까 의심을 갖게 했다.

　하나님의 나라를 친히 이 땅에 건설하신 주님의 의도는
아랑곳없었다.

　이 세상 누구나 쉽지 않은 삶을 살아간다. 고달픈 인생길에

평생 임신

주님으로 인해 기쁨과 행복을 주시고자 죽음으로 허락하신 하나님 나라다.

그 나라에서 쉼과 안식을 누리길 원하시는 아버지의 마음을 배우지 못했고 깨닫지 못했다.

아무 일도 안 하는 것이 쉼이 아니다.

머리로 가슴으로 진정 평안함에 이르는 것은 주님이 다 하신다는 믿음을 갖는 것이다.

그래서 모든 염려를 내려놓는 것이다.

그건 우리의 정체성이 무슨 의미인지 알지 못하면 염려를 내려놓을 수 없다.

외형적인 성공에 집착하는 우리에게 정체성을 새롭게 전환시켜 주심이 무슨 뜻인지 오랜 시간 갈피를 잡지 못했다. 말씀을 듣고, 또 들으면서 귀머거리인 나의 귀가 열리길 기도했다.

가랑비에 옷이 젖듯 서서히 말씀이 머리부터 적셔지기 시작했다.

의심과 불신의 마음이 차츰차츰 줄어들어 간다.

성경에 소경이 눈을 떴을 때 처음부터 또렷이 보이지 않은 것처럼 말씀 역시 확실히 각인되기까지 시간이 걸린다.

새 정체성은 우리의 마음을 회복시키심이다.

정체성이란 우리 마음에 주님이 계심을 인식하는 것이고, 주님이 차츰 커져가는 것이다.

아무리 큰 성공을 이룬 자 역시 마음이 주님으로 세워지지 않으면 모래 위의 지은 집이다.

심령의 연약함은 삶을 살아내기 어렵다.

큰 부가 있어도 마음을 채울 수 없다.

높은 명성과 지식도 마음과는 상관이 없다.

주님이 있던 자리에 오직 주님으로만 채워져야 살 수 있음을
말씀을 통해 알려 주신다.

주님의 관심과 목적이 왜곡되어 있었다.

십자가의 죽음이 겨우 우리에게 열심을 요구하시는 것이라면
우리 자신이 한없이 불쌍한 자이고 그런 하나님은 인색하고
무자비한 신이다.

무너진 마음 가운데 찾아오시어 우리의 심령을 세우시고 마음이
강건케 되길 탄식하며 기도하신다. 마음 둘 곳 없는 인생이 주님의
영으로 소성케 하신다.

상처로 인해 찢기고 또 찢겨진 너덜너덜한 우리의 마음이
보여져야 한다.

육체의 건강과 체력 증진에 관심이 넘쳐나는 이 세상에서, 우리는
마음의 어려움을 가지고 주님 앞으로 나아가야 한다.

모든 관계의 어려움 역시 마음을 보지 못하고 읽지 못하기
때문이다.

어른도 아이도 모두 마음을 치료받지 못하면 그에 따른 사망의
열매를 먹게 될 수밖에 없다.

새로운 정체성을 가져야 하는 이유다.

주님의 자녀라는, 그래서 우리를 포기하지 않으시고 영원히 함께하신다는 약속을 믿는 것이다. 우리의 잘못된 마음과 행동이 하루아침에 개선되지 않는 걸 아시기에 기다리시고, 덮어주시는 주님이어서 참 다행이다.

치료의 과정이 길다.

이 땅에서 완전히 치료되지 못하고 주님 앞으로 갈 것이다.

그 모든 걸 아시는 주님이어서 재촉하지 않으신다.

그저 우리 안에 계신 주님과 즐겁게 기쁘게 하루하루를 걸어갈 뿐이다.

신앙생활의 뜻에 조금 눈을 뜨게 하심이 기막힌 선물이다.

복음이 무엇인지 듣게 하심이 놀라운 축복이다.

서로 얽히고설켜서 실마리를 찾지 못했던 삶이 이제야 풀리기 시작했다

오늘도 내 마음을 주님이 붙잡고 가시도록 떼를 쓴다.

● 마음자리, 자존심

아무리 비싸고 맛있는 음식을 먹어도 그때뿐이다.

격이 높은(내 형편에) 호텔에 가서 식사를 했어도 잠시뿐이다.

오히려 그곳에 와있는 사람들과 비교하느라 더 초라할 뿐이다.

해외여행이든, 외식이든, 남들보다 더 낫게 소비를 했어도 자랑은
넘치지만 허기질 뿐이다.

얼마나 공평한가.

마음을 채워야 한다는 사실은 실로 공평한 게임이다.

그건 지식으로도, 돈으로도, 외모로도 그 어떤 것으로도 채워지지
않는다는 것은 정말 중요하고 평등하다.

주님 아니고는 채울 수 없다는 기막힌 사실이 다행이고, 진짜
다행이다.

돈이 없어서, 배운 것이 부족해서, 사회적 위치가 낮아서 구원에
차별을 받는다면 어쩔뻔했는가.

그리스도 안에 있으면 새로운 피조물이라는 놀랍고도, 새로운
마음자리를 마련해 주셨다.

그곳에 주님이 계시고, 전능하시고, 지존하신 주님이 나의
허기짐을 채우고 채워 그림자밖에 안 되는 이 땅의 것을 쫓아

다니지 말라고 하신다.

　손에 잡힐 듯 보이는 그림자에 얼마나 많은 것을 쏟아붓고 살았는지 모른다.

　내 분수에 넘치는 걸음걸이로 지치고 지칠 뿐이다.

　만족이 없다. 콩나물 시루에 물을 쏟아붓듯 여전히 목마르다.

　죄를 가리고, 숨겼던 아담 이후의 나는 죄 없는 자처럼, 언제나 이유가 있고, 할 말이 있는 듯 내가 나를 지키는 마음으로 살아왔다.

　내가 나를 지키는 마음이 자존심이다.

　나를 지키려다 지치고, 지쳐서 결국 엉망이 된 후에야 주님 앞에 나아온다.

　그것도 억울하다며 도와달라고.

　왜 나만 이렇게 겪어야 하냐며.

　내가 나를 지킬 수 없음을 잔인하고 처참한 지점에 이르러서야 주님이 나를 위해 준비하신 마음자리를 기웃거린다. "들어가 볼까."

　주님이 오셔서 준비해 놓으셨다고 수없이 들었어도 귀로 듣고는 머문 흔적이 없다.

　그만큼 죄라는 것이 나를 포기하는데 미칠 지경에 이르러야만 눈이 열릴 정도니 독하고 질기기가 표현할 수가 없다.

　신앙생활의 여정은 자존심이 깎여나가는 과정이다.

　내가 그리스도와 함께 십자가에 못 박혔나니~

　이제 내가 사는 것은 주님을 믿는 믿음 안에서 사는 것이라.

상처가 굴러 들어와 마음을 친다.

나와 다른 상대로 인해 흥분이 된다.

그 흥분은 소시지에 밀가루와 빵가루를 입혀 핫도그를 만들 듯 점점 발전한다.

죽었던 악마의 부활처럼 마음이 날개를 달고 자리를 이탈한다.

그리스도 안에 있는 자는 이것이 내가 아니라고, 죄라고 한다.

그것이 자존심이다.

나라는 자는 그리스도 안에 있으면 주님과 함께 거하는 새 마음을 가진 거룩하고 의로운 자라고 한다. 이것이 마음이다.

이미 가득 채워진 마음을 내가 누리지 못하고, 인식하지 못해 주님을 손톱 밑의 낀 때 정도로 아주 힘이 없고, 능력이 없으신 분으로 여길 뿐이다.

마음은 나이고, 자존심은 내 안에 거하는 죄다.

'오호라, 나는 곤고한 사람이로다. 이 사망의 몸에서 누가 나를 건져내랴'(로마서7:24)

더 이상 속지 말자. 더 이상 끌려가지 말자.

자존심 때문에 얼마나 잠 못 이루고, 얼마나 눈물을 흘렸던가.

이제 실재가 아닌 것을 붙들지 않도록 눈을 열어야 한다.

실재가 아닌 것을 따라가지 않도록 눈을 열어야 한다.

거짓에 마음을 쏟아내어 낭비하지 않도록 정신을 차려야 한다.

온몸과 마음을 주님이 계신 마음자리를 가꾸는 데 중점을 두어야한다.

마음자리는 주님과 함께 가꾸는 것이고, 주님의 소유이고, 주님께 책임이 있다.

난 그냥 숟가락 얹고 유유자적~

정체성
– 두 번째 이야기

마음이 무너질 때 누군가 널 위해 기도하네~

찬양 가사의 일부다.

친정 어머니는 최선을 다해 나를 양육하셨다.

바람 피는 남편, 거기에 돈이 생기면 사업한다고 빚을 남기는 남편을 대신해 정말 죽기 살기로 사셨다.

위로 오빠, 아래로 여동생, 우리 세 남매를 가르치고 입히고 좋은 것으로 먹이셨다.

먹는 것에 온 마음을 쓰셔서 좋은 재료에 몸에 좋다는 정보를 가지고 음식을 만들어 주셨다.

70년대 그 시절에 남들 보기엔 잘 입고 잘 먹고 지냈으니 나를 부러워하는 친구들이 있었지만 이불 속에서 눈물을 흘린 적이 많았다.

늘 아버지와 어머니의 다툼으로 인해 불안했고, 동네에 아버지가 바람 핀다는 소문이 퍼져있다는 것에 당당했던 마음이 무너지는 경험이 많았다.

한번은 소풍 전날 아버지와 어머니의 다툼으로 어머니는 집을 나가셨다.

김밥이 문제였다.

불안한 마음을 붙들고 겨우 잤다. 김밥 없는 소풍이란.

다음 날 아침에 어머니는 집으로 들어오셔서 김밥을 만들어 주셨고 소풍을 갈 수 있었다.

어릴 적 휴~하며 안도의 숨을 쉰 적이 많았다.

아슬아슬하고 위기일발의 상황이 많았기에 어린 나는 빈 마음을 채울 게 없었다.

그렇게 무책임한 아버지와 책임감이 투철한 어머니와의 사이에서 따뜻함이란 없었고, 나는 늘 일탈을 꿈꾸고 오산을 떠나고 싶다는 생각이 많았다.

그래서 학창 시절 자살을 꿈꾸는 시간이 길어졌고, 겉으론 활발해 보이고 유머도 있지만 내면은 텅 빈 강정 같기도 하고, 구멍 난 양말처럼 뒤축이 늘 시려웠다.

인정에 목말라 했다.

집에서 나의 존재감을 드러내려고, 심부름은 도맡아 했다.

공부도 엄마의 잔소리를 들어보지 않을 정도로 했다.

지금 말로는 관종처럼 사람에게 잘 보이고, 나의 존재감을 드러내려고 애썼다.

송구영신 예배에 말씀카드를 뽑았다.

목사님은 나의 카드를 교인들 앞에서 읽으셨다.

"사람에게 보이려고 그들 앞에서 너희 의를 행치 않도록 주의하라. 그렇지 않으면 하늘에 계신 너희 아버지께 상을 얻지 못하느니라"(마태복음6:1)

얼마나 나에게 딱 맞는 말인지 부끄러워 죽을 지경이었다.

교인들은 키득키득 웃었다.

열심인 신앙은 사람들에게 인정을 받기에 충분했고, 그것으로 하나님께도 인정받으려 했다.

하나님의 음성을 듣는다고 주님께 집중을 해보면

주님은 나의 의가 넘치는 나를 여전히 사랑하고 계신데 마음은 왜 채워지지 않는 걸까.

감사는 충분히 한다고 하는데 왜 기쁨이 없는 걸까.

신앙의 구멍이 나 있다는 것을 알게 된 것은 그리 오래되지 않았다.

그동안 신앙의 기초를 왜 가르쳐주지 않았는지,

왜 준비도 안 된 신자에게 직분만 주고 열심을 부채질했는지,

나의 신분이 그리스도 안에 있으면 어떻게 상승됐는지,

구멍난 마음인 줄 알았는데 진즉에 주님이 들어와 살고 계셨음을 알게 되고 믿게 되니 이제야 삶의 많은 부분에 답이 보이기 시작했다.

'내가'가 아니어야 함을, 그때에 주님이 일하시고 움직이심을 배웠다.

나의 존재 자체로 주님이 기뻐하심을, 나의 작은 행동, 표정, 말에도 기뻐서 어찌할 줄 모르는 분이 하나님이시라는 것을, 이것이 나의 정체성인 것을.

비로소 눈이 뜨이니 새로운 피조물로 만드셔서 새롭게 맺은 관계라는 엄청난 축복을 받았음을 고백해본다.

영광의 자리에 있다는 거. 그 누구도 나의 자리를 박탈할 수 없다는 거.

기쁨이 솟는다. 춤을 춘다.

나의 존재가 이제 사람에게 인정받으려 애쓰지 않아도 된다. 야호~해방이다.

정체성
– 세 번째 이야기

너희는 세상의 빛과 소금이라.

너희는 그리스도의 향기라

내 몸에 예수의 흔적을 가졌노라.

빛이 어떻게 나에게서 흘러나오는지 원리도 모른 체, 빛이기 위해, 빛이 아닌 어둠을 내보내면 주님이 책망하시고, 어떤 벌이 임할지 두려워서 전전긍긍하며 보낸 시간이 신앙생활이라는 울타리 안에 쌓여 있다.

빛과 소금의 역할을 못 할 때의 자괴감은 엄청났다.

믿지 않는 자들 속에서 본이 되기 위해 할 말을 못 하고 나름 참는다고 참아가면서 폭발이라는 대참사를 맞이하면 쥐 구멍이라도 들어가고 싶고, 다시는 그 구멍에서 나오고 싶지 않았다.

난 예수 믿는데 이런 말과 행동을….

교회 다니는 거 다 아는데….

사람에 대해, 아담의 타락 이후의 죄에 대해 너무 무지했다.

교회에서 들었던 수많은 설교는 우리가 어떤 존재인지에 대해 바로 가르치지 않았고, 내 의지와 노력으로 빛을 이룰 수 있는 것처럼 가르치고 선동했다.

쉬운 답을 제시했다. 언제나 말이다.

갓 태어난 아이에게, 아직 걷지도 못하는 아이에게 부모를 위해 선한 일을 하도록 부추겼다. 아이는 슬퍼했다. 아이는 절망했다.

예수 믿으면 모든 문제가 해결되고, 선한 영향력으로 폼나게 살 줄을 기대했다.

주님이 없는 사람에게서는 도무지 해결의 실마리가 전혀 없는데,

거기에 주님이 임하셨어도 주님을 의지하지 않으면, 삶의 주체가 주님이 아니라면 답이 없는데,

선한 것이라곤 일도 없는 사람에게 선한 말과 행동을 강요했다.

결과가 뻔하다.

사람들은 더 우울해져 갔다.

기쁨을 찾을 길이 없다.

은혜는 잠깐이고 근심, 걱정은 길다.

엄청난 업적을 이룬 사람의 심령 역시 주님이 아니면 큰일을 이루고는 회의와 허망함에 잠긴다. 업적은 일의 결과일 뿐이다. 그 사람하고는, 그 사람의 내면과는 관계가 없다.

빛이 오셨다.

완전하게, 정월 대보름의 둥근 달처럼 가득 차게, 넘치도록

임하셨다.

그분이 주인이다.

그분만이 선하다.

그분의 마음이 나를 잠식하도록 공간을, 시간을 내드려야 한다.

나의 재능과 나의 자원으로 빛을 내뿜으려 안간힘을 쓰는 모든 노력을 내려놓는 연습이 필요하다.

아주 아주 치열한 연습이 필요하다.

사람만이 혼자 살아가는 데 가장 오랜 시간이 필요하게 만드신 이유가 있다.

나의 마음이 주님의 마음으로 채워지고, 주님께 양도할수록 빛이 드러나고, 그 빛으로 인해 길이 보이고 밝음이 보인다.

그러면 세상이 나를 향해 갖는 편견과 평판에서 자유로워진다.

나의 정체성은 내가 만들어가는 것이 아니고 주님이 말씀하시고, 주님이 인치신 것이기에.

빛 역시 내가 작아지고 주님이 커지면서 주위를 비추게 된다.

● 용서

사무실 인부 두 명이 꼭 같이 다니는데 일을 주려고 해도 전화를
받지 않는다.

며칠 전부터 다녔던 현장으로 나 몰래 직접 다니는 것이 아닐까
의심해 본다.

둘 중의 한 명은 내게 안 좋은 이미지가 있기도 해서 자연스럽게
의심이 간다.

일비를 떼는 것이 아까워서 거래처에서 인력사무소를 거치지
않고 직접 제의가 들어오도록 하기도 하고, 본인들 스스로
사무실을 거치지 않고 가기도 한다.

알고도 속고, 모르고도 속는다.

이번에 현장에 찾아가 볼까? 하는 생각이 순간 들었다.

현장을 덮쳐서 망신을 주고 싶었다.

그순간

예수님이 유다가 돈궤에서 돈을 가져가는 것을 알았을 텐데, 라는
생각이 스쳐간다.

예수님이 모르실 리가 없다.

함께한 시간이 꽤나 길었는데 예수님은 모른 체 하셨다.

그가 돌아오길 기도하셨을 것이다.

책망해서가 아니라, 범죄 현장을 잡아서 많은 사람 앞에서
부끄러움을 주는 것이 아니라, 유다의 마음이 돌아오길 간절히
기도하셨으리라.

사무실 인부들이 갖는 이기심과 욕심은 내게도 넘쳤었다.
유다의 속임과 예수님을 파는 행위도 내게 있었다.
그들에게 돌을 던질 자격이 없음을 이 시간 심장이 떨리는 은혜가
내게 다가온다.

주님의 용서가 없었다면 내가 없습니다.
주님의 용서가 없었다면 지금이 없습니다.

내가 너희를 용서한 것 같이 너희도 용서하라고.
그 모든 게 나의 영혼이 잘되는 축복인 것을.
그토록 미워했던 거짓말과 눈속임이 내게 있다는 현실이 너무
감사합니다.

다시 덮는 연습이다.
다시 덮어주는 연습이다.
다시 아무 일도 없던 것처럼 제자리로 돌아간다.

시어머님
- 사랑의 표현

내가 메니에르로 어지럽고 토하는 증상이 다시 재발이 된 것을
아시고

시어머니가 한약 값으로 백만 원을 주신단다.

"금아야, 할머니네 가서 약값을 받아와." 금아는 그걸 굳이 지금
가야 하냐며 시큰둥했다.

"응, 할머니가 잊어버릴지도 몰라." 가고 싶어 하지 않는 금아를
떠밀듯이 보냈다.

사랑의 표현에 있어서 시어머니는 돈은 아니었다.

금아가 어려서 우리 집에 오시곤 할 때도 과자 한 봉지가 없었다.

물론 과자도 안 사주시지만 돈도 안 주셨다.

대신 농사를 지으면서 나오는 농작물엔 인심이 좋으셨다.

'난 돈이 좋은데.' 늘 속으로 삼키는 말이다.

시아버지를 모시고 십여 년 넘게 서울에 있는 병원을 모시고
다녀오면 밥상은 준비해 주셨지만 기름 값은 없었다. 이런저런
이유로 시댁으로부터 유산을 받는 이웃을 보면 부럽기도 하고,
시어머니에 대한 서운함을 차곡차곡 쌓아갔었다.

남편이 떠나가고 시어머니는 내가 중하다고, 건강해야 한다고, 그것이 당신의 기도이고 간절한 바람이라고 무한 반복된 노래처럼 말씀하신다.

"내가 이 나이에 돈 쓸 데가 어딨냐."라며 돈 가져가서 한약을 지어 먹으라고 하신다.

한약값으로 백만 원을 몇 번 주셨다.

(젊으셨을 때도 돈을 쓰셨으면 좋으련만, 지금이라도 어디야)

사랑은 표현이다.

각자가 받아온 사랑의 표현을 다시 흘려보낼 수밖에 없다.

친정엄마의 사랑 표현은 밥이다. 정말 삼시세끼에 대한 사랑과 책임이 어마무시했다.

토요일, 일요일, 공휴일에 단 한 번도 잠을 실컷 자 본 적이 없다. 정확한 시간에 꼭 밥을 먹어야 했기 때문이다.

얼마나 짜증이 났었는지 모른다.

나 역시 결혼 이후에 사랑의 방식이 밥이었다. 배움이 그게 전부이니까.

시어머님의 사랑 표현은 모든 것을 자신이 해내는 것이 아닐까 한다.

힘든 일도, 어려운 일도, 심지어 웬만큼 아파도 자식들에게 말씀을 안 하셨다.

자식을 들볶지 않으신 것이다(지금은 당신이 못하시기에 삼촌을 들볶곤

하신다).

　남편도 결혼 내내 나를 괴롭히지 않는 사랑의 표현을 보냈는데 난 그것이 사랑인 줄 몰랐다.

　상대의 사랑 표현을 캐치할 수 있는 은혜가 필요하다.

　표현 방식에 대한 내 기준이 절대적이라는 고집을 버리는 은혜가 필요하다.

　각자 상대를 향한 사랑의 방식이 배운 대로, 받아본 대로일 수밖에 없다.

　눈이 열리길 기도하며 주일날 새벽에~

3부

하나님의 기쁨

봉순이가 온 이후로 삶의 부드러움이란 걸 알게 됐다.

힘들고 지쳐서 집에 돌아가면 언제나 반갑게 맞아주는 건 봉순이다.

아이들도 반갑게 맞아주지만 봉순이에 비할 바가 아니다.

현관문에 달린 번호키를 누르면서 "봉순아." 부른다.

거의 어김없이 꼬리를 흔들며 반가운 기색을 드러낸다.

때론 고맙기까지 하다.

봉순이가 주는 위로와 기쁨은 우리에게 하나님의 은혜를 일깨워줬다.

우리의 정체성이 주님 안에서 새로운 위치와 신분이 주어졌음을 알게 되면서 더욱 깨닫는 바가 크다.

봉순이가 우리에게 돈을 벌어다 주는 것도 아니고 설거지를 해주는 것도 아니다. 아무것도 해주지 않는데 그 존재 자체로 기쁘고 즐겁게 한다.

하나님도 당신 안으로 들어온 우리를 무조건 기뻐하고 계시다는 사실을 봉순이를 통해 알게 하셨다.

하나님이 우리를 생각해 주시는 마음을 조금씩 알게 되면서 봉순이에 대한 사랑이 더욱 커져갔다. 똥을 싸도 기특하고, 오줌을 제자리에 누는 것만 봐도 우린 손뼉을 쳐가며 기뻐했다.

사료를 잘 안 먹는 봉순이가 밥을 먹기만 해도 고마울 지경이다.

봉순이의 위치가 이 정도다.

우리가 봉순이를 아끼고 사랑하는 모습에서 아이들과 난 하나님이 우리를 보시는 모습을 상상하며 나눴다.

봉순이에 대한 사랑보다 더 크고 진한 것이 하나님의 사랑이라고.

봉순이를 사람으로 높일 수는 없다.

아무리 봉순이에게 온갖 것을 해줘도 우리의 영을 줄 수도 받을 수도 없다.

그런데 우린 하나님의 형상으로 지음을 받았기에 예수의 영으로 다시 회복시키시고 같은 영으로 마음을 나누고 사랑에 대한 반응을 할 수 있으니 이 놀라움은 말로 표현할 수가 없다.

하나님이 세상을 이처럼 사랑하사 독생자를 주셨으니 이를 믿는 자마다 멸망치 않고 영생을 얻게 하려 하심이라.(요한복음3:16) 이처럼 사랑하신 사랑을 봉순이를 통해 눈뜨게 하시고, 바라보게 하신다.

집 안을 어슬렁 걷는 것만 보고 있어도 신기하다.

살아 있어 움직이는 생명에 대한 신비를 봉순이를 통해 새롭게 하심이 놀랍도록 감사하다.

하나님의 미칠 것 같은 사랑을 우리의 마음에서 일으키신 주님께 뭐라 말할 수가 없을 지경이다.

성경의 진리를 바로 배우지 못한 탓에 아버지의 마음보다 일 중심으로, 외적인 성취와 결과에 마음을 쏟았다. 죄인으로 평생 회개하며 살아가야 하는 존재라고 배웠다.

우리를 구원하신 그 사랑을 놓치고 아버지가 우리 존재 자체로 기뻐하고 계심을 몰랐다.

아버지의 답답함은 어떠셨을까.

예수를 보내신 아버지의 마음을 이토록 알아주지 않았으니 아버지의 안타까움이란 우린 죽었다 다시 깨어나도 모를 것이다.

우리를 바라보시는 아버지의 기쁨을 찾아가야 한다. 진리 속에서.

우리를 끔찍이 위하시는 아버지의 마음을 알아야 한다.

자식들이 효도라고 하는 게 부모의 마음을 헤아리지 않으면 아무 의미가 없듯이 말이다.

마음이 통하지 않는 그 어떤 만남도 우리에게는 의미가 없다.

하물며 우리를 만드신 아버지와 소통하지 않는 신앙이란 더욱 의미가 없지 않은가.

하나님의 기쁨
- 두 번째 이야기

　이번 명절에 봉순이를 예은이네 맡겼었다. 가족이 제주도 여행을 가기로 되어 있었다.

　봉순이가 혼자 지내는 것이 딱하다는 금아의 간절함이 이루어졌다.

　은화 집사는 강아지를 기른 경험으로 미루어 봉순이를 집에 두는 것이 낫다고 한다.

　낯선 환경에서 지내는 것이 봉순이에게 스트레스라고 한다.

　그래도 우리의 생각대로 봉순이를 맡긴 것이다. 혼자 두고 가는 불안감보다는 맡기는 것이 낫다는 생각에서다.

　봉순이가 말을 한다면 그래서 자기 의사를 표현할 줄 안다면 봉순이의 뜻에 따랐을 것이다.

　봉순이는 말을 못하는 강아지이기에 주인의 맘대로, 주인의 뜻이 전부다.

　봉순이를 너무 사랑해서 봉순이를 가장 잘해주고 싶은 갈망을 넘어 열망으로 자기식으로 돌봐주고 있는 것이다. 아마 그건 누구에게나 똑같을 것이다.

　하나님은 우리의 주인이라고 주인의 맘대로 선택하고 결정하지 않으신다.

당신의 형상 안에 있는 자유와 자율이라는 엄청난 권리를 우리에게 부여하셨다.

자유 때문에 죄가 잉태했음에도 여전히 자유를 허락하신다.

죄에 묶인 우리를 불쌍히 여기서서 아들을 죽음으로 내몰기까지 하셨다.

당신의 자유를 우리에게 주시기 위해 택한 방법이 전능자가 죽는 대가라니~

그 자유로 하나님을 스스로 찾을 때까지 우리를 지팡이와 막대기로 이끄신다.

얼마나 놀라운 인내인지, 얼마나 놀라운 사랑인지 말이다.

하나님은 문제해결의 답으로 예수님을 보내신 것이 아니다.

사람들이 모범답안으로 예수님을 이용하는 것에 신물이 나셨을 것이다.

하나님의 마음을, 우리를 바라보시는 그 마음을 헤아리지 못한다면 신앙이라는 방편으로 머무르는 교회는 더 이상 의미가 없을 것이다.

바리새인과 서기관들에게 심한 욕설로 그들을 책망하심을 심령 깊숙이 깨닫지 못한다면 우리 역시 머리로 아는 지식에 불과한 성경을 액세서리 정도로 걸치고 살아가는 꼴이다.

둘째 아들이 아버지의 분깃을 가지고 떠날 때 아버지는 아들의 앞날을 아시기에 마음이 아프셨으리라.

돈도 허비하고, 지위가 바닥으로 떨어지고, 배가 고파 죽게 되었다. 몸과 마음이 너덜너덜해지면서 아들은 아버지를 생각했다. 아버지의 집으로 돌아갈 용기를 갖기까지 죽음을 각오하지 않았을까.

아버지의 집에 돌아가 아들이 아닌 종의 신분으로 살아갈 마음을 먹는다는 것은 죽은 목숨으로 살아갈 생각이었을 것이다.

"그래, 가보자. 가서 종으로라도 아버지 집에서 살아가자", "아버지의 집은 먹을 것이 있잖아."

우린 이판사판이라는 표현을 사용한다.

어차피 이렇게 죽나 저렇게 죽나 매한가지이기에 죽음 앞에서 큰 담력을 얻는 표현이다.

아들도 허기진 배를 움켜잡고 만신창이가 된 몸과 마음을 이끌고 집으로 돌아왔다.

아버지는 늘 기다리셨다. 아버지의 마음은 그리움을 넘어 애절하셨을 것이다.

어떻게 살아갈지 알기에, 어떤 모습이 될지 불 보듯 뻔하기에.

아들이 돌아왔다. 아들의 행색은 말로 할 수 없이 더럽고 추했을 것이다.

아버지는 돌아온 아들에게 입을 맞췄다. 그것도 목을 안고, 역겨운 냄새가 나는 입에.

영화나 드라마를 보면서 쉽게 감동하고, 울컥하고, 눈물도

흘린다.

성경을 읽으면서는 도무지 아버지의 모습을 그리지 않는다.

그 역시도 주님의 은혜가 아니면 아버지의 모습이 우리의 생각이나 심령에 떠오르지 않는다.

상상력을 동원해서 읽게 되면 아버지와 거지의 모습으로 돌아온 아들의 장면이 눈물겹다.

연인들의 진한 키스 장면이 떠오른다.

오래도록 부둥켜안고 아버지의 기쁨과 아들의 미안함이 서로에게 전달이 됐을 것이다.

현관문을 열고 "봉순아." 부르면 봉순이는 두 발로 서서 기쁨의 표현을 한다.

꼬리를 쉬지 않고 좌우로 흔들어댄다.

흔드는 속도는 사람의 손으로 깃발을 흔든다고 해도 따라갈 수 없을 지경이다.

봉순이를 끌어안고 얼굴과 배에 입을 맞춘다.

봉순이는 주인의 애정 표시에 반항하지 않는다. 주인의 기쁨에 자신을 맡긴다.

웃는 모습이라고 여겨지게 입을 벌린다.

아들이 돌아오기를 간절히 바라셨던 아버지는 성경의 표현으로는 상거가 먼데라고 쓰여 있는 거리인데 멀리서 터덜터덜 걸어오는 아들을 발견하셨다.

겨우 시야에 들어올 거리임에도 아들의 모습을 알아차렸다.

그리고는 달려가 아들을 끌어안았다. 어쩜 아버지의 눈에 눈물이 고이지 않았을까.

어쩜 아버지의 목이 메였을 것이다. 타국에 가서 사람대접을 못 받았을 아들에 대한 연민이 가슴 속에서 처절하게 아픔으로 느껴졌을 것이다.

기쁨이란 고통이나 아픔이 복선으로 깔릴 때 진하게 느끼는 감정이다.

상실의 깊은 상처가 메워질 때 기쁨은 증가한다.

누가복음 15장에서 잃어버린 양, 잃어버린 드라크마, 잃어버린 아들의 예화로 아버지의 기쁨을 소개한다.

그 예화에서 아버지의 기쁨은 절정에 달한다. 죽었던 아들이라고까지 체념했던 아들이 살아서 아버지 품에 안겨 눈물을 흘리는데 아버지는 감정이 복받쳐 주체할 수 없을 지경이었으리라.

온전히 포기하고 모든 것을 내려놓는 죽음의 감정을 경험하면서 생명으로 다시 회복되는 관계에 아버지는 열광하신다. 잔치를 베푸신다. 아들이라는 증표인 옷과 가락지에 고급을 더하셔서 거지라고 부를 수 없는 위치로 환골탈태를 시키신다.

그것이 우리다.

그리스도 안으로 들어오도록 환경을 설정하신 아버지의 자비 때문에 우리가 있다.

그로 인해 돌아온 아들을 기쁨으로 맞이하는 아버지의 환대가 있기에 우리의 자리가 견고하다.

아버지의 기쁨을 헤아리기 시작하는 은혜가 우리를 더욱 설레게 한다.

봉순이도 주인의 감정을 살피고 안다. 봉순이도 자기의 위치를 안다. 그래서 벌러덩 누워 주인의 키스를 외면하지 않고 즐긴다.

오늘도 아버지는 당신을 기억하고 사랑의 표현을 할라 치면 당신이 먼저 다가오셔서 내 목을 끌어안고 입을 맞추신다.

사랑해요, 아버지. 사랑해요, 예수님.

아버지의 기쁨이 전율로 온몸으로 퍼진다.

시어머니의 기억법

"엄마가 먼저 그랬잖아.", "아니, 난 그렇게 말한 적이 없는데."
딸 금아와 나눈 대화다.
여기서 한 발 더 나가면 분명 싸움이 시작된다.
"내 머릿속에 기억이 일도 없는데."
순간순간 기억날 때 던진 말들은 대체로 머릿속에 없다.
작정을 하고 벼르고 별러서 말한 것도 어떤 때는 기억이 없다.
이러한 장면이 나이는 숫자에 불과하다는 말을 증명하고 싶은데
자주 나온다.

시어머니가 말한 것을 기억하고 기다려도 이루어지지 않았다.
결혼 초에는 시어머니에게 "어머니, 말씀하셨잖아요." 이런 말을
한마디도 못 하고 속으로 시어머니를 판단하며 비난했었다.
시어머니의 인격을 내 방식대로 깎아내렸다.
시어머니와의 사이를 메울 생각을 안 하고 살았다.
점점 갭이 커졌고, 마음은 그보다 더 멀어졌다.
신혼 초에 친구들 모임에 가서 시집살이에 대해 나눌 때 우리
시부모님은 너무 좋다고, 편하게 대해 주신다고 자랑했던 기억이
난다.
그 자랑이 오래지 않아 입을 다물게 됐다.

삼십 년이 넘는 결혼생활을 하다 보니 이제야 "어머니 전에 그렇게 말씀하셨잖아요", "아니 난 기억이 없다.", "내가 그렇게 말했는지는 모르지만 난 모르는 얘기다." 시치미를 떼는 건지 불리한 기억은 일부러 안 하는 건지 진실을 알 수가 없다.

시어머니에 대해 진실 여부를 따지는 사이라니.

구십이 넘은 시모와의 진실 공방은 오히려 나만 우스운 꼴이 된다.

시어머님은 치매검사를 받았는데 결과는 정상이라고 했다.

"나도 그러는데.", "나도 그럴 수 있어." 이 말을 계속 되뇌게 된 것은 주님의 빛비침이었다.

죽음 앞에 임박한 시어머니의 나이(93세)를 보면서 판단을 거두고 비난을 거두게 된 것은 전적인 주님의 은혜다.

나도 얼마 안 있어 며느리를 맞이하게 될 것이다.

아들이 두 명이니 며느리가 꼭 두 명일지는 모르지만 그래도 며느리는 얻지 않을까 생각된다.

그들에게 나 역시 시어머니의 기억법을 사용할지 모른다.

말해놓고 발뺌하고, 말해놓고 정색을 하며 오히려 뒤 집어 씌울지도 모른다.

나의 진실에 대해 의심해서 사이가 멀어질지 모른다.

가보지 않은 길이다.

늙고 병들고, 어쩜 시어머니보다 더 추라한 모습으로 노년을 보내게 될지 모른다.

사람들이 자기의 앞날을 안다면 저렇게 미쳐 날뛰는 일은 없을 것이다.

　자신의 앞날에는 그러한 일이 생기지 않을 거란 대단한 믿음(?)을 가지고 살아간다.

　죽음을 피할 수 없고, 병듦을 피할 수 없다.

　중요하다고 여겼던 많은 것들이, 특히 약속에 대해서조차
예전에는 어림도 없던 일들이, 진짜 중요한 것을 잃어버리고 나니
이 땅에서 딱히 중요한 게 없게 됐다.

　지금의 이해는 내가 마음이 넓어서, 관대해서 하는 게 아니다.

　삶의 많은 것들이 손에서 떠나갈 때 비로소 보이고 알게 된다.

　그러니 고난이, 슬픔이 축복이다 싶다.

● 감사나무

　설 명절이라고 사무실 인부들을 위해 양말을 준비했다.

　작년 한 해 인부들을 통하여 돈을 벌었기에 감사해서 마련했다.

　개개인에게 돌아간 금액으로는 적은 돈일지라도 양말을 오십만 원 어치를 샀다.

　"아, 그런 거 줘도 고마워하지 않아요." "줄 필요 없어요." 여러 번 나에게 말을 해주는 분이 있지만 그들이 어떠한 태도를 갖든 내가 감사해서 그런다고 답을 했다.

　인부 한 분이 서운하다고 말을 했다.

　일을 보내주면 당연한 거고 안 보내주면 서운하단다.

　나이도 많은데다, 더군다나 겨울철에 일이 없어 공치는 사람이 있는데 자기는 일을 보내줘야 하는 권리를 갖고 내게 들이민다. 그동안 봐준 도움은 온데간데없다.

　인력비에서 소개수수료 10%를 제하고, 세금을 제하고, 나머지를 주는 것도 말이 많다.

　너무 많이 떼먹는 것처럼 내가 몹시 못마땅하단다.

　의심이 가는 분들에게는 통장을 열어서 보여준다. 거래처에서 세금을 제하고 보내준다는 설명과 함께.

집에서 먹을 것이 넘치면 사무실에 가지고 와서 나눠 먹곤 했다. 뭐라도 나누고 싶어서 주곤 했다.

무엇을 주든, 먹을 것을 주든, 인력비에서 세금을 적게 제하든 감사하다는 부류도 있고, 의심의 눈초리를 보내는 분들도 있다.

간혹 뒷담화가 들려온다.

"그렇지 뭐." 내 속에서 나온 자식들도 감사하지 않는데 불평이야 없을 수 없다고 말은 하지만 나도 속상하긴 하다.

그들에게 항변한들 그들의 불평이 사라지지 않는다는 걸 알면서도 가끔은 내 입에서 툴툴거리는 소리를 낸다.

용인교회에서 하나님의 임재가 시작되면서 주신 기도가 "감사합니다."였다.

나의 입에서 전혀 나오지 않았던 말이 "주님 감사합니다."다(마음으로).

기억으론 그때까지 거의 언제나 남의 탓과 불평과 시비로 가득 찬 삶이었다.

부모든, 친구든, 선생님이든, 정부든, 언제 어디서나 날 선 칼날처럼 한결같이 비판의 목소리였다.

감사할 일이 있을 때 감사하는 건 누구나 할 수 있다.

그러나 주님이 원하시는 건 좋은 일이든 그렇지 않은 일이든 매사에 하나님의 주권을 인정하고 감사하는 것이다. 우린 억지로 "감사합니다" 기도를 반복했다.

내 입술을 바꾸고, 내 생각을 뒤엎고, 내 심령의 밭을 갈아엎는

'감사합니다 학교'의 커리큘럼 속으로 안내받았다. 전혀 원하지 않았음에도 말이다.

하나님의 주권이라는 개념도 없었다.

주님께 붙들려 있었기에 피할 길이 없었다.

할 말이 많을 때도 다른 말은 섞을 수가 없었다.

그렇게 시작된 감사의 훈련은 한참 동안 계속 됐다.

입에서, 생각으로, 가슴까지 감사가 내려오는 기간은 광야 40년까지는 아니지만 족히 20여 년이나 걸렸다. 눈물을 흘리면서도 감사기도를 했고, 입술을 깨물면서도 감사기도를 했다.

억울해서 잠 못 이루는 밤에도 입에서는 감사기도를 놓지 않았다.

아이들에게 감사기도를 가르치고, 함께 "아버지 감사합니다."를 수없이 소리 내어 뱉었다. 아이들에게 노트에 "아버지 감사합니다."를 수십 번, 수백 번 쓰게 했다.

난 잊고 있었다.

지금의 내가 하는 감사가 어떻게 내 입에서 만들어졌는지 말이다.

이스라엘 백성이 놀라운 기적을 보고, 수고하지 않아도 만나와 메추라기를 먹을 수 있었는데 왜 그들 입에는 감사가 없었을까 궁금했고 이스라엘 백성에 대해 함부로 폄하했다.

난 그들보다는 낫다는 우월감으로 성경을 읽었다.

예수 믿는 내가, 예수를 밀어내고 십자가에 예수를 죽인 이스라엘 백성들보다 훨씬 의롭다고 여겼다.

감사의 훈련으로 어느 정도는 남들보다 낫다는 교만함으로 충만했다.

　다시 감사의 2차 훈련을 시작했다.

　심령을 갈아엎으시는 작업이었다.

　의로움과 교만함을 깨뜨리는 시간은 절벽 끝까지 내몰리는 아슬아슬한 장면이 연출되는 지독하고 외로운 전쟁이었다.

　웬만해선 깨지지 않는 자아가 다이너마이트 같은 성령님의 역사하심으로 균열이 가고 집채만 한 큰 바위가 부서지기 시작했다.

　큰 바위가 부서지는 굉음에 나의 통곡이 더해져 참으로 요란했다.

　그래서 얻은 감사다.

　남편이 구원받고 천국에 들어간 엄청난 사실 때문에 남편의 죽음까지도 감사했다.

　그런데 여전히 죽지 않은 자아가 있다.

　감사의 분쇄기가 필요하다.

　예수도 없는 자가, 더욱이 자아가 죽는 과정도 없이 평생 살아온 자들이 어찌 감사를 얻을 수 있는가. 감사가 없는 자들을 향해 비난의 목소리는 메아리에 불과하다.

　심령 깊숙이 감사가 차오르는 경험을 알지도, 맛보지도 않은 자에게 감사를 강요한들 부작용만 남으리라.

　이제 남은 것은 이렇게 얻은 감사에 대해 자만할 수도, 자긍할 수도 없다는 것이다.

　언제, 어떤 상황에 광야의 이스라엘 민족처럼 돌아설 지도 모른다.

감사는 주님 것이다. 주님만이 우리 안에 감사나무를 심으실 수 있다.

감사나무에 열매를 맺게 하심도 하나님 아버지의 열심이고, 열정이다.

오늘도 내 이름으로 심어준 감사나무에 열매가 맺히도록 주님의 이름을 불러본다.

그리고 큰 호흡으로 주님의 생명의 기운을 느껴본다.

감사합니다.

● 모래시계

목욕탕 사우나실에 있는 모래시계가 연상이 됐다.

바늘구멍 정도로 나있는 길을 따라 위에 있는 모래가 아래로 내려온다.

사우나실 안에서 호흡이 답답해지기 시작하면 모래가 내려오는 속도가 얼마나 더딘지 모른다.

거의 모래가 다 내려갈 쯤엔 처음과 똑같은 속도였는데 빠르게 느껴진다.

머리로 믿는 믿음이 아수라장인 마음으로 내려오기까지가 모래시계 같다.

진리의 말씀을 듣고, 또 듣고 들었는데 머리에서 가슴으로 내려오는 길은 사막을 걷는 자처럼 아니 그보다 더 느린 듯하다.

율법에 잡혀서 살아온 믿음 생활이라는 삶이 너무 버거웠다.

능력을 비교당하고, 결과에 삶이 끝난 듯 단정지어 버리는 교회생활이었다.

모래시계는 차라리 낫다.

좁은 구멍이라도 조금씩 내려보낼 수 있으니 말이다.

신앙의 화려함을 가져본 적이 있었다. 은사로 인해 돋보이던 시절 말이다.

남들보다 낫다는 신앙의 교만으로 교회에서, 모임에서 내가
중심이 되어갔지만, 삶은 꽉 체한 듯 내려가지 않는 답답함으로
채워져 있었다.

오랜 시간, 고인 물이 되어 썩어간 것 같다.

주님의 음성을 듣는다고 집중했었다. 능력을 받기 위해 목이
갈라질 정도로 질러댔었다.

환상과 계시를 받기 위해 추운 겨울에도 기도원 계곡의 바위 위에
앉아 밤새 기도했다.

예언의 은사가 있어 미래를 예측하거나, 타인의 미래를 점쳐주는
것이 영성의 깊이처럼 배워갔다.

성령의 불을 받는다고 발바닥에 불이 나도록 뛰기도 했다.

그런데 사람들이 변하지 않았다. 나 역시 변하지 않았다.

특히 변하지 않는 목사님을 보고 목이 꽉 메어서 죽을
지경이었다.

은사가 영성인 줄 알았던 시간이었다.

쏟아내지 못한 갈등과 분노와 비판이 결국 육신의 병을
일으키면서 완전 번 아웃 됐었다.

예수님의 오심이 기쁜 소식이 아니라 너무 비참하게 만드는 못된
사람 정도로 주님은 내 삶의 방해꾼이었다.

막혀있던 모래시계가 모래를 흘려보내기 시작했다.

복음의 진리가 마음 가운데로 들어오기 시작했다.

이 땅의 것으로 비교하고, 비교당한 신앙의 마침표를 찍었다.

오직 예수와 나.

주님과 함께, 주님과 더불어 살아가는 길에 올라섰다.

삶이 영성이라고 하시는 목사님의 말씀이 삶을 정리케 한다.

주님으로 인해 사는 삶을 아기가 발걸음을 떼듯 조심스럽게
배워간다.

쨰나 오랜 방황의 시간이었다.

이리저리 치이고, 뒹굴고, 뒤엉키고, 헝클어진 모든 것이
정리되면서 질서가 잡힌다.

이 땅은 잠시, 눈에 보이는 것들 역시 잠시,

영원하신 주님과 영원 속으로 걸어간다.

잃어버린 사람을 찾아서

시아버지 장례식 때(2018년 10월) 얼굴을 보고 어제 오랜만에 만났다.

아이들 어릴 적에 같은 아파트에 살면서 친하게 지냈다.

복도식으로 된 아파트이기에 아예 문을 열고 집을 수시로 드나들면서 지냈다.

그날의 메뉴를 알 정도였고, 음식도 서로 나누며 지냈다.

희진이 엄마하고는 한참이나 집에서 함께 예배를 드리기도 했었다.

하나님에 대한 열망이 있었다. 말씀에 대한 사모함도 있었다.

아이들이 크면서 희진이네는 영통으로, 선희네는 동백으로 이사가면서 어쩌다 한 번씩 얼굴을 보곤 했었다. 우리만 그대로 용인에 남아 있었다.

희진이 엄마는 이사를 가서 처음엔 교회에 다니곤 했는데 언제부터인지 신앙생활을 중단했고, 선희엄마는 안식일 교인이었다가 이사를 가면서 거의 중단한 거나 마찬가지가 되었다.

그녀들에게 목사님 말씀을 보낼까 말까 미루다가 말씀을 톡으로 보냈고, 선희 엄마와 전화통화를 하면서 만남을 갖게 됐다. 희진이 엄마가 하는 카페로 향하면서 잃어버렸던 시간을 단번에 훌쩍 뛰어넘는 대화를 했다.

셋이서 모여 20년 전으로 시간 여행을 떠났다.

지나간 시간을 다시 꺼내 펼쳐 보이는데 어려웠던 일들도 덤덤히, 웃으면서 말할 수 있는 게 정말 신기했다.

그리고 간간이 신앙 생활에 대한 얘기를 했다.

아직도 우울증 약을 먹고 있다는 희진이 엄마, 재산 문제로 시어머니와 시누이와 남남이 된 선희 엄마.

삶의 어려움을 예외 없이 겪고 있는 그녀들이다.

그녀들이 주님 안으로 돌아오기를 기도한다.

복음을 만나 삶의 변화가 일어나기를, 그래서 우울증 약도 끊고, 관계의 회복도 일어나기를 소망한다.

복음에 대해 눈을 뜬다는 게, 그렇지 않은 사람들을 보면 기적이다.

나는 누구이기에 복음을 만나게 됐고, 그녀들은 누구이기에 아직 주님 품으로 들어오지 못하고 헤매고 있는가.

내가 그들보다 하나님 앞에 더 드린 것이 없다.

하나님을 찾는다면서 엉뚱한 곳을 긁는 꼴이었는데.

하나님의 마음을 모르고 했던 신앙이었다.

그녀들이나 나나 매일반이다.

복음의 빚진 자라는 사도 바울의 고백이 조금씩 가슴으로 들어온다.

안타까움이다. 발을 동동 구르는 간절함이다.

예수님이 이 땅에 오심이 잃어버린 자를 찾아오심이라고.

잃어버린 자들을 구하기 위해 기적을 보이셨고.

잃어버린 자들을 위해 먼저 죽으셨다.

잃어버린 자들을 위해 잃어버린 자들 속으로 들어가셨다.

그리고 잃어버린 자들이 진정 무엇을 잃어버렸는지 알려주신다.

아하~

난 무엇을 잃어버려서 그렇게 방황하며 살았는가.

아버지의 마음이다.

예수님의 마음이다.

부모 자식 간에도 서로에 대한 마음이 어긋나면 아무리 좋은 것으로 주고, 또 줘도 그때뿐이다. 우리 모두 경험한 일이고 아는 일이다.

그런데 그 해결 방법을 모르는 것이다.

사람의 마음을 하나로 엮을 수 있는 방법은 그 어떤 책이든 철학이든 감동 깊은 영화든 잠시 눈물을 흘릴 수는 있지만 마음을 치유하거나 사람과 하나 되게 할 수 없다.

나도 오랫동안 내 마음 자체를 바로 알지 못했고, 아이들의 마음 또한 알지 못했다.

그것은 바른길에 들어서지 못한 결과다. 그래서 좋은 열매를 맺으려고 안간힘을 썼지만 좋은 열매가 맺히지 않았던 것이다. 왜 나는 이렇게 애쓰는데 나쁜 열매만 맺히는 걸까 자책해본다. 나쁜 열매를 맺히는 이유를 알 길이 없다.

육신의 생각은 사망이요, 영의 생각은 생명과
평안이니라.(로마서8:6)

우리 모두 잃어버린 자다.

바른길을 알지도 못하면서 바르게 걸으려고 애쓴다.

우리의 자녀들을 위해 온갖 것을 마련하고, 때론 온갖 짓도
불사한다.

그리고 자녀들에게 바른길을 가라고 잔소리한다.

부모의 길이 바르지 않은데, 바른길을 보지도 못하며 자라는데,
바른길이 무엇인지도 모르는데 가라고 떠민다. 집 밖으로
밀어낸다. 윽박지른다. 왜 못 가냐고.

뜨거운 눈물을 흘리고 계신 분이 있다.

그 눈물은 피눈물이다.

가정이 깨지고, 아이들이 망가지고, 그 잃어버린 자들이 모여
사회를 망가뜨리고, 국가를 망가뜨린다.

주님~

주님의 눈물이 한 생명, 한 생명을 향한 간절함이시기에 주님의
마음으로 기도하기를 소망합니다.

똥

　사무실에서 참다 참다 화장실에서 담배를 피우는 인부들을
내쫓고 용변을 본 적이 있다. 남자들만 있다 보니 화장실 사용이
쉽지가 않다.

　참다 참다 본 용변은 얼마나 시원하고, 아랫배가 쏘옥 들어간
듯하다.

　언제부터인지 화장실에서 대변을 보고 나면 대변의 양, 대변의
색깔로 만족감 내지 희열을 느낀다.

　봉순이라는 강아지를 데려와서는 금아에게 똥을 눴냐고, 색깔은
어떠냐고, 묽기는 어느 정도인지 날마다 물어본다.

　고등학교 3학년 때 변비가 너무 심했다. 그때부터 시작된 변비로
하루하루가 전쟁을 치러야 했다. 심한 변비로 출혈이 생기면서
의자에 앉기도 어려울 때가 있었다. 큰딸을 임신했을 때 역시 심한
변비로 너무 너무 고생을 했다.

　하루의 시작과 끝이 똥이 가장 큰 이슈였다.

　대학 때도 친구들이 모이면 늘 하는 이야기가 변비였다.

　여행을 가기 전부터 배설이 안 될까 싶은 염려가 밀려온다.

　여행을 시작하는 날부터 돌아올 때까지 날마다 똥을 얼마큼
눴는지. 똥을 못 봐서 속이 편치 않다는 대화가 비중이 크다.

물이 부족하다. 섬유질이 부족하다. 아랫배가 차다. 운동을
해야 한다. 나중엔 유산균이 부족이다. 등등 원인이라는 원인을
찾아보고, 듣고 하면서 똥을 잘 누기 위해 나름의 방법을 다 써봤다.
그런데 딱히 효험을 본 게 없었다.

아이들을 기를 때도 늘 똥을 보고 아이의 건강을 체크했다.
모유를 먹었던 금아는 늘 설사를 달고 살았다.
참으로 난감하던 일들이 얼마나 많았는지 모른다.
첫아이라 양육도 서툰 데다 설사를 하는 아이의 기저귀를 갈다
보면 예전의 표현인 칠갑을 한다는 것처럼 옷에 이불에 손에 안
묻히는 곳이 없을 지경이었다.

병원 응급실에 누워 있는 남편은 기저귀에 계속 똥을 쌌다.
먹은 것도 없는데 어디서 그렇게 많은 똥이 나오는지 놀랄
지경이었다.
금아와 교대를 하고 집에 돌아왔는데 금아에게 전화가 왔다.
"엄마, 너무 힘들어, 아빠가 계속 똥을 싸잖아." "기저귀를 갈고
얼마 지나지 않아 또 싸잖아." 금아는 아빠의 똥을 치우느라 밤새
잠을 못 잤단다. 닦아내면 또 싸고, 다시 닦아내면 또 쌌다.
우린 이해할 수가 없었다. 먹은 게 없는 암 환자가 똥을 그렇게도
많이 싼다는 것이 말이다.
그러더니 남편은 다음날에 이 땅을 떠났다.

이 글을 쓰면서 사도 바울의 배설물이라는 표현이 떠오른다.

육체를 신뢰하고, 육체를 자랑했던 사도 바울이 예수 그리스도를 위하여 모든 것을 배설물로 여긴다는 말씀이다.

먹은 것만큼 쏟아내지 않으면 몸 전체가 불편하다. 먹은 것만큼 쏟아낸 날은 기분이 상쾌하다. 이 땅에서 예수 외의 것을 얼마나 먹고 소유하며 살아가는지 모른다.

먹은 것만큼 쏟아내지 않고 살아간다. 먹고, 또 먹고 하면서 배설을 하지 않아 정상이 아니다.

예수를 믿는다 하면서 이 땅의 것에 집착하고 자랑하면서 똥을 잔뜩 끌어안고 사는 형국이다. 예수로 밀어내야 한다. 예수만 남겨두고 날마다 똥을 누어야 한다.

이 세상의 것이 똥이라는 의식부터 가져야 한다.

배출하지 않으면 못 견디는 것처럼 예수 외의 것을 배출하도록 해야 한다.

똥을 자랑하려고, 똥을 얻기 위해, 날마다 날마다 얼마나 힘쓰고 애쓰며 살아가는지 모른다.

바울의 영성이 그립다.

얼마나 예수가 실재가 되어 있던 것일까.

그의 삶은 예수가 진짜 주인이고, 친구이고, 사랑이었다.

날마다 들어오는 이 땅의 것이 생각과 의식 속에 자리 잡지 못하도록 배설물로 여기며 밀어낸 그의 영성에 경의를 표한다.

주님~

평생 임신

저도 사도 바울의 영성을 닮고 싶어요.

그래서 변기에 쏟아낸 똥을 보고 기뻐하듯 이 땅의 것을 쏟아내고는 기뻐하기를 원합니다.

오직 예수만 남기를 원합니다.

성인ADHD

　주의력결핍 과다행동장애인 ADHD라는 말이 아동들이 나오는 프로그램에서 자주 나온다.

　어릴 적에 있던 ADHD가 성인이 돼서 남아 있는 것을 성인 ADHD라고 한다.

　"석재야, 너 어릴 적에 ADHD이지 않았을까" "응, 그런 것 같아" 퇴근을 하고 밥을 먹으러 온 큰아들에게 던진 말이다.

　잠시도 가만히 앉아 있지 못하고 얼마나 나댔는지 모른다.

　입도 가만히 두지 않아 쉬지 않고 말을 해댔다. 뜻도 없는 말들이다.

　교회에서, 식당에서 민망한 적이 한두 번이 아니었다.

　난 그럴 때마다 등짝을 때렸고, 그것도 안 되면 목덜미를 잡고 개 끌듯이 끌고 나와 팼다.

　어릴 적에 한번은 백화점에 가서 장우산을 샀다. 석재는 에스컬레이터를 타겠다고 떼를 쓴다.

　몇 번을 탔는데 계속 타겠다고 바닥에서 뒹군다. 장우산으로 석재를 때렸는데 집에 와서 우산을 보니 중심대가 휘어져 있었다. 그 후론 백화점엘 다시는 안 갔다. 아마 커서 갔을 것이다.

　석재하고는 아이가 극성맞다는 이유로 하루가 멀다 하고 매로 다스렸고, 욕설로 남은 분을 뿜어댔다. 참으로 대책이 없었다.

석재가 중학교 3학년 때 담임선생님으로부터 전화가 왔다.

석재가 일당백을 한다면서 다른 반 교실까지 휘젓고 다닌다고 하신다.

내가 교육을 잘못시켜서 그렇다고 백배 사죄를 했다. 심지어 태교도 잘못했다고 고해성사를 했다.

물론 공부도 바닥이었고, 준비물은 일절 챙겨가지를 않았다.

나도 무관심했다. 지칠 대로 지쳐있었던 거 같다.

그 담임선생님의 은혜로 석재가 마음을 조금씩 잡아가기 시작했다.

집에서는 늘 말썽꾸러기, 사고뭉치여서 격려나 칭찬의 말이라곤 전혀 듣지 못했다.

석재는 선생님의 칭찬과 주의 깊은 돌봄으로 공부를 하기 시작해서 인문계로 진학할 수 있었다.

기적의 시작이었다.

그 선생님(사회과목)의 덕으로 대학에 가서 법학을 복수 전공해서 지금의 위치까지 이르렀다.

난 단지 석재가 애정의 결핍으로만 생각했다.

석재에게 무릎을 꿇고 엄마가 잘못했다고, 미안하다고 사과를 했다. 엄마를 용서하라고 울면서 석재에게 빌었다. 중학교 3학년 때 선생님께 불려가서 석재의 실상을 듣고 와서다.

지금은 성인이 됐는데 물건을 잘 흘리고 다닌다.

안경, 휴대폰, 지갑, 전자담배, 등등 어휴 저래서 어떻게 사회생활을 할까 늘 걱정이었다.

　그런데 과장승진 시험을 봐서 이른 나이에 과장이 됐다. 참나~
그런데 공부는 어떻게 했을까. 직장생활은 또.

　이리 맞추면 이렇고, 저리 맞춰보면 저렇고. 다 알 수가 없다.

　그러다 나도 성인ADHD 증세가 있다고 생각한다.

　충동적이고, 집중력이 떨어지고 말이다. 싫증도 자주 느낀다.

　유전이 있다고 하니 거슬러 올라가면서 난봉꾼이었던
친정아버지가 떠오른다.

　혹시 친정아버지도 어릴 적 ADHD가 아니었을까. 결혼 후에
그렇게 바람을 피운걸 보니 말이다. 아버지에게서 유전된 게 나도
그렇고, 석재도 그런 건가.

　물어볼 수가 없다. 돌아가신 지 이미 오래다.

　쉽게 싫증을 내고 집중하지 못했던 내가 나아진 것은 성경을
쓰면서 아닐까 생각해본다.

　물론 석재도 성경을 함께 읽고, 집에서 성경 암송도 하고, 성경을
쓰게 한 것이 많이 좋아진 게 아닐까 한다. 지금의 우리 모습을 보면
과거의 모습과는 180도로 바뀌어 있다.

　이것은 우리의 노력이라고 할 수 없는 게 우리 스스로 증상을
몰랐기 때문이다.

　증상을 알아야 치유책이 필요했을 것인데 우린 그냥 막무가내로
살아왔다.

　ADHD라는 말도 들어본 적이 없고, 물론 병원에 갈 생각도 안

했다.

어릴 때 석재 같은 아이가 커서 어른이 되면 점잖아진다고 주위의 어르신들이 한결같이 말씀하셨다..

그 말씀이 이루어질까 의심하면서 그저 빨리 크기만을 바랐다.

내가 한 것이라곤 가정예배를 드리고 말씀을 암송한 것이다.

방학 때는 예배가 끝나야 아침밥을 줬다.

이렇게 회복되고 좋아진 것은 주님의 일하심이었으리라 믿는다.

몸이 아프면 병원에 가서 주사도 맞고, 약도 처방받아서 먹는다.

주사와 약이 내 몸에서 어떻게, 어떤 작용으로 회복이 되는지 모른다. 단지 주사와 약에 대한 믿음이 있다.

말씀과 기도의 신앙생활, 주님을 찾고 찾는 갈망이 주님이 어떻게 심령을 이끄시는지 알 수 없지만 주사와 약이 효력을 발휘하듯 회복과 안정감과 넉넉함으로 이끄신다.

지금 석재를 만나는 사람들은 과거의 석재를 상상하기도 어려울 지경이다.

미래의 며느리가 이 글을 읽고 어떤 반응을 할지 궁금하다.

약을 먹자. 약이 반드시 회복시킨다는 믿음을 갖자.

구약과 신약~

● 성령의 열매

어릴 적 친구가 자신을 품어주지 않는 것에 불만과 아쉬움을
표했다.

자신의 말로 다른 친구에게 상처를 준 것을 처음에는
미안해하더니 나중엔 지친다는 말로 단톡방에서 사라졌다.

네 명이서 모인 단톡방이었는데 그렇게 자신의 감정을
털어놓고는 나갔다.

우린 아무도 그녀를 다시 초대하지 않았다.

"돌아오게 돼있어.", "다시 만날 거야."

우리 세 명은 기다리기로 했다.

나는 친구에게 글도 보내고, 목사님의 설교를 정리한 말씀도
보내고, 봉순이 사진도 보내면서 넘 숨지 말고 나오라고 톡을
보냈다.

문을 두드리고 두드린 친구의 톡은 유안진 시인의 "지란지교를
꿈꾸며"의 친구를 꿈꿔본다는 답으로 왔다.

언제나 편한 친구, 기댈 수 있는 친구, 속을 다 내보여도 그것이
흉으로 오지 않는 친구를 갖고 싶은 마음인가 보다.

내 주변의 사람들은 그 누구일지라도 내가 어떻게 살아가는가의
답이라고 생각한다고 톡을 보냈다.

관계란 항상 상대적이기에 일방적인 요구는 한계가 있다는 말과

함께.

고등학교 여름방학 때 일이다.

서해안 바다로 여행을 가기로 약속을 했다. 나와 다른 친구들은
오산에서, 그 친구는 송탄에서 기차를 타기로 했다. 그리고 그
친구는 코펠을 가져오기로 했다.

그런데 송탄에서 기차를 타기로 한 친구의 얼굴이 보이지 않았다.
이럴 수가 없는 것이다. 핸드폰도 없던 시절이니 약속을 지키지
않은 친구의 사정을 들을 길도 없었다. 난 그 친구가 절대 용서가 안
됐다.

그 후 방학이 끝나고 학교에서 만났는데 알은 체도 안 했다. 물론
약속을 지킬 수 없었던 사정을 듣지 못했다.

끝내 그 친구와는 회복의 기회를 저버리고 다시는 만나지 못했다.
나중에 커서 얼마나 후회가 됐는지 모른다.

좋은 친구를 나의 못된 성격으로 잃어버린 것에 대해서 말이다.

아마 이렇게 잃어버린 사람들이 셀 수나 있으려나.

사람이 산다는 것은 항상 사람들 틈에서 살아가는 것이다.

이 땅에 울음을 터뜨리는 순간부터 언제나 사람들이 있다.

부모, 형제, 친구, 그리고 동료 등등 얼마나 많은 사람과 관계를
맺고 살아가는지 그 반경이 실로 놀랍다. 그 속에서 상처받고,
부딪히고, 피하고, 밀리하면서 결국 사람들을 밀어낸다.

우리는 사람을 밀어내지만 주님은 가까이 오는 자들을

환대하셨다.

선택의 여지 없이, 차별 없이 말이다.

사랑, 희락, 화평, 오래 참음, 자비, 양선, 충성, 온유, 절제의 성령의
열매는 온통 사람과의 관계에서 얻을 수 있는 열매다.

성령의 열매를 내가 맺으려 무진 노력을 했다.

주님께 붙어 있는 포도나무의 진리를 제대로 알지 못했다.

나는 맺을 수 없음을, 내가 주님과 죽고, 주님이 내 안에서 사실
때에만 맺어가는 열매다.

주님의 시각으로, 주님의 마음으로, 주님의 말씀으로 전환되지
않고는 불가능하다는 것을 너무 늦은 나이에 알게 하셨다.
그래서 많이 자유로워졌다. 친절의 가면을 더 이상 쓰지 않아도
된다. 그렇다고 일부러 퉁명스럽게 할 필요는 없다. 오직 주님을
인식하고, 주님을 찾는다.

이러한 과정에서 사람들과의 관계 회복이 진정 일어난다.

그리고 사람이 귀하게 다가온다.

나 같은 자도 용서하신 주님이 상대에도 예외 없이 용서하실
테니까 말이다.

나 같은 자도 사랑하시는데 상대 역시 사랑하시니까 말이다.

이러한 진리가 내면에 서서히 스며들면서 지독히도
이기적이었던 내가 이타적으로 차츰 변화된다.

성령의 열매를 맺어가시는 농부이신 아버지의 일하심이 보인다.

나의 이미지 메이킹, 나의 평판, 나의 인정.

내 주위의 사람들과의 관계 점검 없이 만들어지지 않는다.

내가 함께한 사람들과 어떤 삶을 공유했는지가 열매다.

신앙생활의 처음과 마지막이 온통 사람들과의 관계다.

그 열매의 풍성함으로 신앙을 점검해야 한다.

하나님 역시 사람들을 찾아오시고, 사람 속에 들어오심이 그 증표다.

하나님이 갖고 계신 속성이 하나님을 믿는 사람들에게 성령의 열매로 드러내신다.

사람과의 관계의 기본은 가족이다.

가족이라는 울타리에서 얼마나 참게 하는지, 희생하게 하는지 그 누구나 동감할 것이다.

가족들과의 관계에서 성령의 열매를 맺히지 않으면 결국 하나님을 믿는 신앙생활은 가면이고, 그림자일 수밖에 없다.

마지막까지 함께할 수 있는 가족들과 나누는 열매가 없다면 결국 빈털터리의 신앙이 된다.

친구가 언제 마음을 털고 연락이 올까? 기다리지 않고 오늘 전화를 해봐야겠다.

● 영생

집에서 기르는 강아지를 애완견에서 반려견으로 호칭을 바꿔서
부른다.

그야말로 한 가족처럼 사람과 더불어 살아가는 개를 가리킨다.

가족이다. 너무나 사랑스러워서 영원히 함께하고 싶은
마음이지만 언젠가는 이별을 하게 된다.

그 이별 때문에, 사람보다 얼마 못 산다는 이유 때문에 현재
함께하는 시간조차도 아쉽다.

그런데 이런 방법이 있다고 가정해보자.

우리가 영원히 사는 존재라면 우리의 생명을 강아지에게
나눠주는 것이다.

그래서 영원히 함께하는 것이다.

다시는, 절대 이별이 없다.

그럼 우리는 얼마나 마음이 놓이고, 얼마나 평안하게, 기쁨으로
살아갈 수 있을까.

상상만 해도 기쁘다.

강아지가 우리의 생명으로 우리 곁에서 떠나지 않는다면~

나의 자녀라고 생각을 해도, 영원히 함께 살 수 있다면

평생 임신

그처럼 큰 기쁨은 없을 것이다.

우리로서는 불가능한 일이다. 그런데 불가능한 일이 실재로 일어난 것이다.

우리를 만드신 그분이, 영원하신 그분이 진짜로 우리에게 당신의 생명을 주어

우리와 영원히 함께 살 수 있도록 하셨다.

그분의 생명이라면 부족한 게 없다.

그분의 생명은 영원해서 사람들이 그토록 오래 살고 싶어 하는 욕구를 충족시킨다.

우리의 가족도, 우리의 사랑하는 친구나 지인이라도 생명이 같으면 영원히 함께

할 수 있다. 함께 사는 것이다. 대박이다. 그런 로또가 없다.

얼마나 사랑하시기에 말이다.

우리가 반려견을 사랑하는 정도와는 비교할 수가 없다.

그런데 우리의 강아지와 영원히 함께 살려면 조건이 있다.

우리가 강아지가 되어 강아지들에 의해 죽임을 당해야 한다.

그것도 아주 처참히, 극도로 잔인하게, 가장 비참한 최후를 맞이해야 한다.

사랑의 대가 치고는 너무 크지 않은가.

사랑 하나 때문에 모든 것을 포기하고 모든 것을 희생해야 한다.

아무리 강아지가 사랑스러워도 죽음에 이를 사람은 없을 것이다.

바보가 아니라면, 멍청이가 아니라면, 정말 미치지 않고서는

말이다.

강아지를 사랑하는 그 사랑 때문에 자기 목숨을 줄 자가 있겠는가.

미친 사랑이 있다.

이 세상에서 가장 바보같은 선택을 한 사람이 있다.

그분이 자기의 생명을 주고 싶어 하늘 높은 신분을 버리고 오셨다.

그리고 그분은 바보같이 저항하지 않고 죽음 속으로 걸어가셨다.

강아지가 영원히 살겠다고 주인의 생명을 요구하지도 않았다.

강아지 주인이 일방적으로, 오직 강아지를 살리기 위해 자신을 희생한 것이다.

강아지에게 주인의 생명을 주어 영원히 함께 살자고 애걸을 한다.

그리고 그 일을 결국 이루시고 말았다.

누가 요구도 안 했는데 말이다. 오케이 싸인 하나에 자기 생명을 거저 나눠준다.

자기 생명을 가진 자라면 끌어안고 기뻐하신다.

으이구, 엉터리 같은 소설이라니~

사람이 강아지가 되는 것도, 신이 사람이 되는 것도 모두 있을 수 없는 일이다.

그런데 있을 수 없는 일이 실제가 되었다.

강아지가 사람이 되는 것보다 더 어이없는 일이 일어났다.
하나님이 사람이 되는 일이다.

그분이 우리 안에 계시다.
하하하~
바보. 멍청이^^

4부

금아랑 나

진통이 시작됐다.

남편은 뒤도 안 돌아보고 출근을 한다.

아파트 창문에 서서 눈물을 흘린다.

아내의 진통에도 회사를 가야 하는 사정이다.

짐을 싸서 친정집으로 간다.

35년 전 일이다. 딸이라는 의사의 말에 많이 실망했다.

큰아들인 남편은 아들을 낳을 때까지 낳아야 한다면서 압박감을 심하게 줬었다.

자식을 여럿 낳으면 안 되는 시대 상황이었다. 경제적인 요인이 있었고, 친정어머니는 내가 힘들다는 말씀이 있으셨다. 이래저래 딸을 낳으면서 적잖이 불안해했다.

육아 경험도 없는 데다 유독 예민한 딸은 나랑 뒤엉켜 매일매일이 아수라장이고, 눈물바다였다. 고집은 둘 다 세고 딸에게 저서는 안 될 것 같은 논리로 매도 들었다.

엄하게 혼내면서 기른 탓에 딸은 상처도 많고, 서로가 마음이 어긋나 있었다.

"엄마랑 나는 진짜 같은 게 없어." 아점을 먹으면서 금아가 나에게 말을 한다.

하루에 밖에 나갈 때마다 운동화를 갈아 신는다면서 세 번 정도라고 한다.

나는 신발도 발이 편하면 한 가지만 계속 고집하는 스타일이다.

이번 겨울에 비싼(?) 신발을 금아가 사주었는데 관리도 안 하고, 먼지가 묻은 채로 다니다 보니 허름해졌다. 옷도 마찬가지다. 금아는 잠깐의 외출에도 옷에 신경을 쓴다. 한 가지만 줄기차게 입는 내게 잔소리를 하다 지쳐서 이제는 안 한다. "엄마는 옷도 있는데 왜 맨날 똑같은 것만 입어?"

이것저것 꾸미고 가꾸는 일을 어릴 때부터 안 했다. 그런 일이 왜 그리 귀찮게 생각이 됐는지 모른다.

그저 쉽고 편한 게 최고였다.

계산이 빠른 나에 비해 금아는 어디 가서 계산할 게 있으면 아예 손을 놓는다.

수포자라면서 말이다. 통장의 잔고에도, 자동이체에 대해서도 반응이 늦다. 별 신경을 안 쓴다.

음악을 듣는 것은 심하게 안 맞는다.

난 한 곡에 꽂히면 무한 반복으로 수십 번, 수백 번까지 듣는다.

내 차를 타면 CCM이라도 한 곡만 계속 나오니 나중에 사정을 한다. 멀미가 난다고.

걸어서 이동할 때도 재밌다. "금아야, 빨리 뛰어!" 집 가까운 곳의 신호체계를 다 알고 있어서 다음 신호가 무엇인지 알기에 금아에게 명령을 한다.

나는 신호 기다리는 게 싫다.

금아는 집 앞의 신호체계에 관심이 없다. 그냥 기다리면 된단다.
몇십 년을 한 곳에서 살아가는데 다음 신호가 무엇인지 모른다.

점심 약속 시간이 늦으면 난 아무거라도 배고프면 입에 넣는다.

조금이라도 배고픈 것을 못 참는다. 금아는 절대 안 먹는다.

달라도 아주 다르다. 내가 나서 내가 길렀는데, 내가 가르치고,
내가 먹이고 입혔는데 이렇게 다르다. 부모의 영향 아래 있다는
것도 전적인 것은 아닌 듯싶다.

서로 안 맞아도 지독히도 안 맞는다.

이렇게 안 맞는 사람들이 엄마와 딸로 이어져 있다.

참으로 어려운 관계다. 이 어려움 때문에 집집마다 아픔과 슬픔이
있다.

자아가 살아 있다 보니 서로 다툼도 있었고, 금아가 큰소리로
내게 대들기도 했었다.

나도 얼른 시집이나 갔으면 싶은 적도 있었다.

서로의 눈치를 살피는 것이 힘들었었다.

서로에게 민감하고 서로에게 스트레스였다.

주님께 기도하고, 함께 예배드리고, 말씀을 쓰고, 암송하고 정말
뭐라도 해서 딸을 바꿔놓고 싶은 마음이 간절했다.

금아의 고집을 꺾으려고 내 의지를 발동했으니 늘 시끄럽고

서로에게 생채기만 내는 꼴이었다.

그러다 내가 조금씩 변하면서 딸의 행동에 입을 다물기 시작했을 때 기적이 일어나기 시작했다.

은혜를 깨닫고 금아에게 겸손하게 나아가니 금아도 화를 내도 오래가지 않고 스스로 풀고 나에게 다가왔다.

참으로 오랜 시간이다.

지금껏 시집을 안 가고 내 곁에 남아 있다는 게 축복이다 싶다.

회복의 시간을 가질 수 있으니 말이다.

여기서 주목~

하나님의 일하심이 서로를 깎고 또 깎이게 하신다.

큰소리로 다투면서 서로의 상처를 드러내게 하셨다.

서로의 상처에 대해 사과를 했고, 주의를 기울여 갔다.

조심을 하다가도 나의 급한 성격에 금아는 다시 상처로 힘들어했다.

직설적인 금아의 말투에 잔소리를 해야 했다.

악순환인 느낌으로 좀처럼 나아지지 않는 듯 보였지만 아주 조금씩, 조금씩 나아지는 것이 보였다.

우리는, 나는 제쳐두고 상대의 태도만 따진다. 그리고 흥분한다.

이 세상 사람 누구인들 나와 맞는 사람이 없고, 맞춰줄 사람도 없다.

내가 맞추지 않으면 안 되고, 내가 어떤 태도로 상대를 대하는

가에 달려있다.

내가 맞추는 것도 스스로의 힘으로는 한계가 있다.

나의 모습이 드러날 때 (관계가 틀어져서 어려울 때) 주님께 나를
내놓아야 한다.

주님이 만드셨고, 주님이 능력자이시기에 주님의 도움을 구해야
한다.

나와 관계가 어려워지면 금아는 하나님의 은혜를 알기에 주님께
기도한다고 한다.

그리고 자신의 단점을 주님께 드러내 보인다고 한다.

엄마가 준 상처를 엄마에게 돌리려고 하면 그때부터 전쟁이
시작된다.

상처를 사람에게 끄집어내면 끝이 없다.

상처를 주님께 가져가야 끝이 있다. 치유와 회복과 위로가 있다.

내가 준 상처를 내가 할 수 있는 선에서 만져주려고 노력했다.

나 역시 금아에 대한 마음이 편해졌다.

금아에게 급하고 강한 어조로 말을 해도 예전과는 다르다.
부드럽게 반응한다.

요한이가 금아와 나의 모습을 이제까지 본 적 없는 모습이라고
감탄을 한다.

오호~ 주님의 작품이야.

주님의 십자가만이 하나님과 사람을 화평케 한다.

주님의 십자가만이 사람과 사람을 이어준다.

사람을 찾기 위해 오신 예수님만이 사람을 건지신다.

오직 예수의 보혈로 덮고 있는 거룩한 땅에 서 있는 나를 발견함이 축복이다.

● 구원

하나님~

구원이 얼마나 중요한지 몰랐습니다.

나의 신앙의 결과는 이 땅에서 잘 먹고, 잘 살면 충분하다고
생각했습니다.

내가 가진 것들이 더 풍요로워지고, 흠이 없기를 바랐습니다.

나를 지켜보는 사람들에게 넉넉한 삶이 되는 것으로 주님의
영광을 드러낸다고 여겼습니다.

그것이 신앙의 전부였습니다.

천국은 가게 되어 있으니까요.

진리는 나의 지식으로 쌓이면 족했습니다.

남편이 떠난 후에야 구원의 중요함을 깨달았습니다.

구원이 우리 삶의 전부인 것을 이제야 알았습니다.

믿지 않는 남편이 극심한 고통 속에서 주님을 찾고, 주님을 믿고
떠난 것이 놀라운 기적인 것을 날이 갈수록, 시간이 지날수록
감격이고, 감동입니다.

남편의 삶은 이 땅에서는 실패한 인생 같지만 주님을 만난 삶은
고통 속에서도 축복이고, 영광이었습니다.

남편의 죽음 또한 영화로운 것임을 감사의 찬양으로

평생 임신

올려드립니다.

하나님~

잠시 머물다 가는 삶은 참으로 고단하고, 지치고, 헐떡이는
시간입니다.

그 시간 안에 주님이 안 계시다면 그것은 말로 설명하거나 표현할
길이 없을 정도로 딱합니다.

구원이 왜 중요한지 들으려 하지 않습니다.

구원받는 것이 무엇인지도 알려 하지 않습니다.

진리에 눈을 뜨기가 이처럼 어렵습니다.

귀가 열리기가 명의가 고칠 수 없는 귀머거리 수준입니다.

세상 밥벌이하느라, 가족과 놀러 다니느라 예배를 빠지는 자들,
믿지 않는 남편을 방치하는 자들, 자녀에게 하나님을 가르치지
않는 자들 등등

나의 구원과 내 주위 가족의 구원에 관심이 없는 자들을 보면서
하나님이 얼마나 안타까워하셨을까? 모두 내 얘기였습니다.

하나님~

구원하여 주옵소서.

구순이 넘은 친정 엄마를 비롯해서 나 때문에 신앙의 실망을
가졌던 친구까지 구원하여 주옵소서.

설교문을 정리해서 보내는 지인들을 포함해서, 이 나라 이 민족을
구원하여 주옵소서.

예수님을 찾는 마음이 되도록 역사하여 주옵소서.

배부르고 등 따뜻하면 주님을 찾지 않는 죄인들에게 어려움을
주셔서 어떻게 해서라도 구원하여 주옵소서라는 기도는 아직
못하겠어요.
어려움을 보고 듣는 것 또한 아직 감당하기 어렵습니다.
담대함이란 모든 것을 뛰어넘어 주님의 손길로 이루시리라는
믿음을 갖고 기다리는 것이겠지요.
하나님의 전능하심과 자비하심으로 저들의 마음을
열어주옵소서.

아직은 부족하지만
하나님에게서 끊어질지라도 이스라엘 동족의 구원을 애가 타게
기도한 사도 바울의 심정이 조금씩 흘러나옵니다.
구원받아야 합니다.
구원해주옵소서.

주님~
나의 완고하고 강퍅한 심령을 깨뜨리신 전능하신 하나님이
저들에게도 역사하여 주옵소서.
깨뜨려주옵소서.
어떤 방법으로든 깨뜨려주옵소서.
불쌍히 여기셔서 구원이 비껴가지 않기를 원합니다.

주님의 빛이, 주님의 생명이 그들의 심령 안으로 들어가길 기도합니다.

이 땅의 삶의 끝자락에서라도 주님을 받아들이길 원합니다.

오~하나님!

● 나쁜 놈

노임을 주지 않는 거래처 사장하고 전화에다 대고 악을 썼더니 목이 가렵고 목소리가 안 나올 지경이다.

노임을 준다, 준다 하고는 약속을 안 지키더니, 이제는 전화기에 수신 차단을 걸어놓았다.

사무실에 와서 다른 인부 전화로 전화를 걸었더니 받는다.

언제 전화했냐고 오히려 큰 소리다. 전화가 안 왔다고 다시 걸어보란다.

여러 번 걸면서 다시 소리를 질렀다. 차단을 해놓고 뭔 소리냐고.

"왜 차단이 걸려있지?" 하면서 발뺌을 한다. 돈 이백만 원에 왜 소리를 지르냐고 되려 야단이다.

돈 이백 만원이니까 빨리 갚으라고 소리를 질렀다.

건물 사장이 돈을 아직 안 줘서 그런다고 노임을 기다려달라고 한다. 보통은 "네." 하고는 일단 기다려준다. 그런데 그 말이 자동응답기가 된다. 지난 1월의 노임인데 3월이 되어도 여전하다.

전화까지 차단했으니 나는 약이 바짝 오를 수밖에 없다.

오늘 저녁에 집에 찾아가 개망신을 줄 거라고 문자를 보냈다.

이런 상황이 오면 몸은 피곤해서 누웠지만 정신은 절대 쉼이 없다.

잠도 쉽게 안 온다.

평생 임신

약이 오르면 하나님이 주신 말씀으로 생각을 잠재우려고
반복하며 되뇌지만 한번 튀어 오른 생각은 꺼지지 않는 불같다.
불씨가 계속 남아 있다. 그 정도의 돈으로 내 영혼이 망가질
수 없다는 아버지의 뜻을 되새겨 본다. 그러나 아주 포기한 게
아니어서 다시 전화를 걸어본다.

역시 전화를 받지 않는다. 화가 나고, 약이 오르고, 다시 아버지의
뜻으로 나를 다독이는 반복된 일이 늘상 일어난다.

전화로 주문을 받고, 일을 다녀온 인부들에게 선지급으로 노임을
주고 거래처에서는 나중에 돈을 받는 시스템이라 먹튀가 생기기도
한다. 남편 때보다는 많이 좋아졌는데도 큰 회사를 제하고는 늘
불안 불안하다.

고의로 다가올 때는 당할 수밖에 없다.

"나쁜 새끼."

현장으로 돈을 받으러 갈 때도 있었다. 현장으로 찾아갔지만
물론 노임은 받지 못했다. 문자에, 전화에 상대를 건드려도
요지부동이다. 답이 없다.

한 번은 돈을 받으러 남편과 함께 거래처에 갔는데 석유통을
들고 와서 석유를 뿌리려고 했다. 너 죽고 나 죽자, 하면서 오히려
협박했다. 남편과 나는 발을 돌려 집으로 왔다.

누가 이 세상에는 세 종류의 사람이 있다고 한다.

나쁜 놈, 덜 나쁜 놈, 더 나쁜 놈이란다.

그 말을 들을 때 웃었다. 난 어디에 속할까 하면서.

나 아닌 모든 사람을 내 기준에서 나쁜 놈의 레벨을 정한다.

"어휴, 진짜 나쁜 새끼네." 어떤 일이 들려오거나 뉴스를 접하면 입에서 나오는 말이다.

하나님은 죄인의 기준이 나쁜 일을 해서가 아니라 하나님과 동떨어진 사람을 모두 죄인이라 하신다.

그런데 교회 뜰을 밟는 사람이든, 구원받았다고 자처하는 사람이든, 하나님 밖의 사람이든 스스로를 죄인이라 여기는 기준이 하나님과는 다르다.

나 역시 하나님을 사모하고, 하나님의 말씀을 사모했던지라, 그리고 특히 하나님의 음성을 듣는다고 자처했던지라 하나님과 친밀한 관계라 여겼다.

판단의 기준이 철저히 나 중심이었다.

하나님과의 관계는 삶으로 증명이 된다는 사실을 몰랐다.

사람을 의지하고, 사람을 찾고, 사람에게 부탁하고, 사람에게 도움을 구하고.

이러면 이럴수록 돌아오는 것은 언제나 실망과 죽이고 싶을 만큼의 미움이었다.

이런 나쁜 놈을 위해 죽으신 분이 있다.

진짜로 용서해주면 안 되는 나쁜 놈도 괜찮다는 분이 있다.

나는 괜찮은데 절대 안 되는 걔도 받아주시는 분이 있다.

나쁜 놈이 아주 나쁜 놈을 절대 용서할 수 없다고 버틸 때 그분이 오셔서 말씀하신다.

내가 너를 용서했으니 너도 용서하라고 하신다.

"그건 못 하겠어요, 나보다 걔가 더 나빠요." 이유를 나열한다.

"걔를 혼내주세요, 걔가 벌을 받아야 당연하잖아요."

그분이 듣다 듣다 말씀이 없으시다.

내가 이긴 줄 알았는데 그분이 일을 안 하시니 내 삶이 뒤엉킨다.

엉망진창인 삶의 열쇠는 그분에게 있다.

"아, 아. 알았어요, 걔를 축복해주세요."

속내는 여전히 나쁜 놈이지만 그 대답 한마디로도 그분은 기뻐하신다.

내 고집을 꺾은 것만으로도 그분이 팔을 벌려 안으신다.

지금도 여전히 나쁜 놈이다.

그러나 그분이 나를 인정하셨기에 충분하다.

에이 예수님~ 눈을 흘겨본다.

● 더 나쁜 놈

전화기에서 진동이 울린다.

안민섭 씨의 목소리다. "사모님! 전에 방 얻으려고 사모님께 돈을
빌리고, 어머니 돌아가셨다고 돈을 빌리고 갚지 않았던 사람이
시장에서 돌아다녀요. "

허, 참, 기가 막혔다.

용인에서 돌아다닌다고? 오늘 본 것이 두 번째라는 것이다.

"안민섭 씨! 다음에 만나면 식당으로 데려가서 밥 먹자고 하세요.
시간을 끌어요, 내가 가서 그놈 낯짝이라도 봐야겠어요."

그 사람이 어디서 떠돌다 왔는지 모르지만 우리 사무실에 왔었다.
나이는 61년생이다.

사업을 하다 망했다면서 사람은 진실해 보였고 말하는 본새도
그렇게 예의 없지는 않았다.

찜질방에서 잔다고 하면서 방을 얻는다고 돈을 빌려갔다.

연금이 나오면 갚는다고 하고, 돈이 나오면 갚는다고 하면서
준다는 날짜는 늘 어겼다.

빌려간 돈은 나중에 일한 노임에서 차감을 해서라도 받았다.

일도 꽤 많이 해서 돈의 여유가 있을 텐데 빌려달라는 소리는
자주 했었다.

다리가 아프다고 해서 내가 먹다가 남은 약도 주고, 옷이 없다고 해서 남편 옷이랑 아이들이 입던 추리닝도 가져다 줬다. 수건이며, 남편의 전기면도기에 자질구레한 생활용품을 집을 뒤져가며 챙겨다 줬었다.

빌려간 돈을 갚고 나면 와이프에게 줘야 한다며 다시 빌려갔고, 아들이 군대 간다고 또 빌려갔었다.

한번은 백화점에 아이들과 쇼핑을 하러 갔었다.

그는 시골에 다녀온다고 하면서 사무실에 나오지 않고 있었다.

전화가 걸려 왔다. 어머니가 돌아가셔서 장례를 치러야 하는데 자기가 쓸 돈이 없다며

오십만 원을 빌려 달란다. 장례를 치르고 용인에 올라가면 갚는다면서. 그래서 그 자리에서 돈을 송금해줬다. 그가 올라오면 부의금으로 십만 원을 주리라 생각했다.

그 후 그는 사무실에 나타나지 않았다.

전화를 걸면 형네 농사일이 끝나면 올라간다고 말을 했다.

그게 여러 번 반복되더니 겨울이 돼서는 아예 내 전화는 받지 않았다.

다른 사람의 휴대폰으로 전화를 걸면 전화기가 고장이 나서 내 전화를 받을 수 없었다고 둘러댄다.

그것도 잠시, 그 후엔 아예 전화를 받을 수 없다는 멘트가 나왔다.

남편은 인부들과 돈거래를 하지 말라고 당부했다.

사람 잃고 돈 잃는다고 말이다. 남편의 경험에서 나온 말인데 늘 사무실에서 얼굴을 보는 사이다 보니 그들의 딱한 사정을 외면하기 어렵다.

큰돈(이천만 원)을 빌려달라고도 하는데 그런 것은 거절하기가 쉽다.

그런데 급하다고 하면서 일하고 갚겠다며 적은 돈을 빌려달라면 외면할 수가 없다.

어떤 사람은 현장으로 찾아갈 차비도 없어 만 원을 빌린다. 때론 담뱃값이 없다고 빌려간다.

점심을 본인이 직접 사 먹는 현장도 있다. 점심값도 없단다.

정말 다양한 사람들이 모인 곳이다.

사무실에 출근해서 사람들 앞에서 사람이 어떻게 그러냐고 흥분이 올라온다.

나쁜 새끼라고 거침없이 욕을 날린다.

그러다 주님이 나를 가르치신다는 생각이 들어 입을 다물었다.

사람이 그렇구나. 나의 인생 공부에도 어김없이 돈이 들어가는구나.

사람에게서 사람을 배우는 시간이 꼭 필요한 줄 알면서도 약이 오른다.

나쁜 새끼.

은혜를 모르는 새끼네.

이 대목이 되면 나타나시는 분이 있다.

은혜를 가르치시는 분 말이다.

내가 잘나서 지금껏 목을 곧추세우고 살던 삶에 들어오셔서 은혜를 가르치신다.

만약 돈을 빌려 간 사람을 다시 만나면 부드러운 목소리로, 자애로운 목소리로 용서하면서 다시 받아주는 일은 못 할 것을 알기에 지금도 다시 나를 가르치신다.

"너도 은혜를 몰랐잖니.

내가 준 것을 다 기억이나 하니?

십일조도 그렇고, 갚아야 하는 것을 다 갚지는 않았을 텐데."

고개가 떨어진다. 부모님의 은혜도 다 모르는데 하물며 크신 분의 은혜를 어찌 다 헤아릴 수 있을까. "없어요. 몰라요." 고민할 시간도 없이 답이 나온다.

은혜를 모르는 자를 데려다 입히고, 먹이고, 가르쳐서 지금의 내 모습을 만들어 놓으셨는데 과거의 나와 똑같은 자에게 돌을 던지는 것을 막으신다.

주님~

더 나쁜 놈이라고 제목을 달아놨는데 결국 제목의 인물이 저네요.

어디 피할 곳도 없이 나를 구석으로 몰아넣고 빛을 쫙~ 비추시면 어떡해요.

너무 하시는 것 같네요. 내 모습이 속속들이 드러나잖아요.

이젠 뭐 하도 당해서 부끄러울 것은 없지만 그래도 심하다는
생각은 드네요.

그 사람이 돌아올 때까지 묵묵히 기다릴게요.
돈을 가지고 나타나든, 빈손으로 나타나든, 아님 아예 안
나타나든 그냥 살게요.
모든 것은 주님의 손에 있으니까요.

이 세상은 사람이 사람에게 실망을 하고 배신을 당한다.
사람이 사람을 속이고, 또 속인다.
알면서도 속고, 모르면서도 속는다.
이것이 고쳐져서 세상이 바뀌거나 뒤집힐 일은 없다.
절대 속지 않으시는 분 때문에 그냥 살아간다.
절대 거짓이 없으신 분이 계셔서 잠잠히 살아간다.
이 세상은 끝이 있어서 다행이다. 휴~
이런 세상에서 영원히 산다면 난 포기~

가장 나쁜 놈

나쁜 놈, 더 나쁜 놈을 쓰면서 그럼 이 세상에서 가장 나쁜 놈은 누구일까라는 생각이 들었다.

사람을 많이 죽인 사람, 돈을 많이 갈취한 사람, 전쟁을 일으킨 사람, 잔인하게 성폭력으로 여성들을 유린한 사람 등등 내가 아는 선에서 나쁜 사람을 떠올린다.

예수를 죽인 이스라엘은 어떨까.

그들이 가장 나쁜 자들인가.

세계 2차 대전의 전범이었던 사람이 그녀(정확히 기억이 안 남)의 집회에 참석했다.

전범은 그녀의 언니를 유린했던 사람이었다. 그리고 그녀의 가정을 박살냈던 사람이었다.

전범은 집회 마지막에 구원을 받겠다고 자리에서 일어났다.

"하나님~ 이러실 수 있나요. 이런 사람도 용서하시고 구원으로 인도하실 건가요."

그녀는 울부짖었고 하나님을 원망했다.

그런데 하나님은 받아들이라고, 용서하라고, 내가 너희를 용서한 것 같이 용서하라고.

예수를 죽인 이스라엘을 하나님이 버리셨는가.

이 세상에서 가장 극도의 고통으로 예수를 죽였던 그들을 지금도 두 팔 벌려 기다리시니 가장 나쁜 놈이라고 누가 말을 하겠는가.

사람들은 나쁜 놈이라는 표현을 사용한다. 거기에 더 나아가 진짜 나쁜 놈이라고 말한다.

그러나 하나님 편에서 나쁜 놈, 좋은 놈의 구분이 없다.

모두 구원 받아야 할 죄인들뿐이다.

사도 바울의 고백이다.

자신을 죄인 중의 괴수라고 말을 한다.

스스로 죄인 중의 괴수라고 말을 하니 그가 가장 나쁜 놈이 분명하다.

그의 죄질이 예수를 믿는 자를 고발하고, 죽이는 자였으니 더욱 그렇다.

그런 가장 나쁜 놈도 구원을 받았다. 게다가 이방인의 사도라 칭한다.

법정에 나온 죄인들의 속마음은 어떨지 모르지만 재판관 앞에서 형량을 줄이기 위해 죄송하다고, 미안하다고 뉘우치고 사과를 한다.

그러나 이 세상 사람들에게 자신이 가장 나쁜 놈이냐고 물어보면 거의 모두가 아니라고 답을 할 것이다.

사람이란 언제나 이유와 변명이 앞선다. 하와가 그랬던 것처럼.

주님께 오래전부터 기도한 내용이 있다.

주님~ 사도 바울의 죄인 중의 괴수라고 고백한 그 고백을 저도 하게 해주세요.

내가 얼마나 큰 죄인인지 알아야 구원의 감격이 크리라 생각했기 때문이다.

나의 죄인 됨을 깊이 알수록 나를 위해 죽으신 전능자의 어리석음이 얼마나 큰 사랑인지 알게 되리라 여겼기 때문이다.

내가 가장 나쁜 놈이어야 한다.

내가 다른 누구보다 낫다는 생각을 얼마나 오랫동안 갖고 있었는지 모른다.

시편 51편 10절 하나님이여 내 속에 정한 마음을 창조하시고 내 안에 정직한 영을 새롭게 하소서 그 말씀을 외우고, 또 외우면서 겸손한 자가 되게 해달라고 매달렸었다.

사도 바울의 위대함이 드러난다.

하나님의 사랑을 진하게 깊숙이 만끽한 그만이 죄인 중의 괴수라고, 그래서 죽음보다 강한 사랑을 담대히 전할 수 있었으리라.

아아~

이 새벽 주님께 다시 기도합니다.

이제껏 나에게 상처주고, 나를 비방하고, 나를 조롱한 사람들보다 내가 더 나쁜 놈입니다.

그들을 향해 돌을 던지지 않도록 은혜를 주시옵고, 가장 나쁜 나를 구원하신 주님의 사랑을 보게 하소서.

하나님의 사랑을 알면 알수록, 예수님께서 십자가에서 돌아가신 이유를 알면 알수록 죄인을 살려주심에 대한 감사와 고백이 터져 나오리라.

왜 예수님이 나를 위해 죽으셨는지, 왜 예수님이 나 대신 모진 고통을 겪으셔야 했는지.

그러면 내가 이 세상에서 가장 나쁜 놈이라는 고백을 안 할 수가 없으리라.

예수를 부인하고, 예수를 거부하고, 예수님을 한낱 인간이라고 여기며 믿을 수 없는 많은 이유를 들이민 내가 가장 나쁜 자일 수밖에 없다.

건강 검진

　아빠를 떠나보낸 아이들의 마음은 엄마의 건강에 대해 몹시 민감했다.

　메니에르라는 진단을 받고 가끔씩 어지러운 증세가 일어나면 모든 게 올스톱이 되는 엄마를 보고 많이 불안해하고 예민했다.

　늘 나의 건강을 체크한다.

　"엄마, 오늘 몸은 어때?", "아무것도 하지 말고 쉬어", "잠은 잘 잤어?"

　아이들의 안부 인사가 늘 넘친다.

　요한이의 제안으로 분당 서울대병원에서 프리미엄 건강 검진을 예약했다.

　검진 비용은 326만 원이다.

　공단에서 진행하는 건강검진에 몇 가지를 덧붙여 하던 검진에 비하면 너무 비싸기도 하고, 종류도 많다.

　"그래, 알았어. 받을게." 아이들의 마음을 알기에 거절하지 않으리라 생각하고 답을 했다.

　누나하고 요한이가 각각 일백만 원씩을 내고 나머지는 석재가 부담하기로 했다.

　6월에 예약했는데 날짜가 11월 17일로 잡혔다.

뭐 그렇게나 많은 사람이 건강검진을 대학병원에서 받나 싶었다.

우리의 삶이란 게 큰 병에 걸리지 않고는 대학병원에는 안 가는 걸로 되어 있지 않은가.

작은 통증은 아예 무시하며 살아온 탓이다.

검사 전날 대장내시경 검사를 위해 마신 약물로 잠도 제대로 못 자고 화장실에 들락거렸는데 깜빡 잠든 사이 바지에 실례를 했다.

참 나이가 든다는 게 감정조절은 젊을 때보단 조금(?) 나아지는데 육체는 시간을 이길 자가 없다.

병원까지 가는 동안에 다시 실례를 할까 염려가 됐다.

동네 병원이 아니라 차를 타고 한참을 가야 하는 길이기에 말이다. 금아와 석재가 동행을 해줬다.

석재는 회사에 연차를 내면서까지 성의를 보였다.

아이들의 응원과 도움이 남편 없는 빈자리를 많이 메꿔준다.

비용에 걸맞게 검사 항목도 다양했다.

뇌 MRI를 촬영하고 싶었다. 메니에르의 원인이 있을까 싶기도 하고, 이른 나이에 치매를 앓는 분들도 있기에 뇌혈관의 상태를 알고 싶었다. 늘 마음은 있었지만 선뜻 검사받기가 어려웠는데 좋은 기회라 여겼다.

소변검사를 하라고 플라스틱 컵을 주는데 아무리 애를 써도 나올 게 없다. 물을 마신 건 대장을 씻어내느냐고 다 써버린 듯하다. 간호사분에게 소변을 못 받았다고 말을 하니 마지막에 가져다 달라고 공손하게 말을 한다.

평생 임신

치과 검사까지 끝내고, 소변까지 보고 나니 점심 시간이 훌쩍 넘었다.

결과를 보려면 12월 9일에 다시 병원을 찾아야 한다.

위 내시경에서 뭔가 안 좋은 게 보였다며 조직검사를 했다고 한다.

이런저런 생각이 살짝살짝 들어온다.

위암일까. 아님 다른 곳에 치명적인 병이라도 있는 걸까.

동생에게도 건강검진을 받아보라고 권면하면 무섭다고, "나, 그냥 살다갈래."라고 한다.

건강검진에 관한 두려움이 있다.

"엄마가 죽으면 울지마, 주님 만나러 가는 거니까 기뻐해." "아빠도 봐야지."

이렇게 담대한 것처럼 아이들에게 말은 하지만 정말 큰 병을 선고받으면 어쩔까 싶다.

남편도 그랬을 것이다.

미래를 계획하면서 어떻게 살까 궁리하던 남편에게 이 땅을 떠나야 한다는 의사의 말을 들었을 때 그 마음은 어땠을까. 병상에서도 나의 건강을 걱정하던 남편이었다.

아이들과 많은 빚과 사업장과 노모를 남겨두고 가야 하는 남편의 마음은 나의 마지막 날에나 조금 알게 되지 않을까.

아이들을 남겨두고 가야 하는 나라면, 언젠간 그날이 반드시

오지만 지금은 아니라고, 아직 이르다고 생각하는 나라면 참으로
난감하고 절망하지 않을까.

큰 병명 없이 검사 결과가 나오면서 감사의 말을 아이들과 넘치게
했다.

주님께 감사하고, 검사를 받을 수 있었던 것도 감사하고, 서로가
도움을 준 것에 감사를 나눴다.

지금 내 몸 안에서 어떤 바이러스가 나를 공격하는지 모른다.

그러나 별 증상 없이 오늘을 시작할 수 있는 것에 감사하다.

주님을 기억하고, 가족과 지인들을 기억할 수 있다는 것도
감사하다.

움직일 수 있는 것도 감사하고, 아주 사소한 반응을 하는 것도
감사하다.

건강검진을 받아도 놓치는 병이 있다.

검사로 몸 안에서 일어나는 모든 것을 파악하지 못한다는 것을
알면서도 위로가 된다.

그냥 감사하기로 한다.

모든 것은 주님의 손안에 있으니 말이다.

● 오만

티비 광고에서 상조회 가입을 서두르라며 사람이 어찌 될지 모른다고 한다.

갑자기 일이 닥치면 당황하고 준비를 어찌할지 모른다고 상조회를 가입하라고 부추긴다.

그러면서 예전에 남편과 나눴던 말이 생각났다.

남편은 나를 보고 "당신은 건강해서 벽에 똥칠을 할 때까지 살거"라고 웃으면서 말했다.

메니에르라는 병으로는 죽지 않는다고 말이다.

그 말을 받아 당신 부모님 모두 오래 사시니 당신도 오래 살거라고 응대했다.

"여보, 나 진짜 오래 살기 싫어, 칠십만 살면 괜찮아." 그 말을 한게 아마 사십 대, 오십 대 초반이었지 싶다. 그런데 세월이 어찌나 빠르던지 육십에 가까워지면서 칠십만 살고 싶다던 난 팔십까지로 내 희망을 변경했다.

지금 상조회 광고를 보면서 칠십까지 살겠다던 난 육십을 넘겼으니 진짜 얼마 안 남았구나 싶다.

얼마나 오만한 발언이었나 생각이 든다.

칠십이라면 남은 기간은 칠년이다.

4년 전, 군대에 가 있던 요한이가 휴가를 나왔다 복귀하면서
남편과 나는 요한이를 배웅하기 위해 버스정류장에 함께 나왔다.

남편은 요한이와 악수를 하면서 잘 가라고 말을 건넸다.

악수하는 손을 보면서 "여보, 당신 손이 너무 노랗네. 병원에 가서
피검사를 받아봐."

남편은 병원에 가서 검사를 받았다. 검사 결과가 나오기 전에
구십을 넘게 사신 시아버지가 돌아가셨다.

시아버지의 장례식에 오신 분들이 남편의 얼굴빛이 너무
노랗다고 한마디씩 걱정을 했다.

나 역시 '혹시 간암이 아닐까' 내심 걱정했다.

검사 결과에 대한 언급이 없던 남편은 삼오제 날에 아주대병원을
가야 한다고 했다.

삼오제 날에 묘 앞에서 제사를 지낸 가족들에게 할 말이 있다며
피검사 결과가 안 좋아서 아주대병원에 가야 한다고 말을 했다.
남편은 자기를 위해 기도해 달라며 눈물을 흘렸다. '이건 아주
심각한 거구나.'

아주대병원으로 향해 가면서 서로 한마디 말도 없이 속으로
기도만 했다.

'아버지 감사합니다.'

하나님의 시간표는 컨닝할 수 없는 극비문서인지,

오래 살 거라고 예상했던 남편은 이 년가량 투병하고 예순둘에 이
땅을 떠났다.

시아버지 연한의 삼분의 이밖에 못살았다.

우리가 앞으로의 일을 전혀 모르고 떠들던 소리를 위에 계신 분이
다 듣고 어떠하셨을까.

나도 팔십까지 살고 싶다고 공표를 했던 말을 주님은 듣고, 무슨
생각과 나의 육체의 연한을 얼마큼으로 정하셨을까.

욕심을 내는 사람들을 보고 어른들이 모여 "천년, 만년 살 거라고
쯧쯧" 하는 말을 어렸을 때 들은 기억이 있다.

어릴 때는 오십, 육십이 까마득한 날수여서 감이 오지 않았다.

그런데 지금 육십을 넘기고 보니 내 앞에 닥친 죽음의 문이
조금씩 보이기 시작한다.

오래전 일이다.

예전의 교회에서 어느 집사님의 집이 불이 나서 손자와
시어머니인 권사님이 돌아가시는 일이 일어났었다.

교회에서 모여 음식을 준비하고 장례를 도운 적이 있었다.

그때 그 일을 지켜보던 다른 권사님이 혀를 차며 안타까워하셨다.

어떻게 그런 일이 일어나냐고 하면서 말이다.

그리고 얼마 후 혀를 차던 권사님의 며느리가 승용차를 몰고
가로등을 들이받으면서 목숨을 끊은 일이 일어났고 우리 젊은
집사들은 교회에 모여 음식을 준비했다.

마음속으로 얼마나 무섭고 두려웠는지 모른다.

한 치 앞을 모르는 인생이라지만 권사님의 말씀과 모습을 보면서

입으로 내뱉는 말이 저렇게 자신에게 돌아갈 수 있다는 사실을
알게 됐다.

알게 됐어도 금세 잊고 함부로 말하는 것은 그 후로부터 이십
년이 지난 지금도 마찬가지다.

남편과의 이별도 이렇게 빨리 내게 닥칠 것이라고는 꿈에도
생각을 안 했었다.

그런데 실제가 되어버리고 나니 모든 것의 기한은 정말 주님만이
아시는 것이라 여겨진다.

내가 정하는 삶의 모든 기한이 한낱 웃음거리에 불과하다.

오늘을 정리하면서 그저 감사할 뿐이다.

내일 다시 눈을 뜬다면 다시 감사하리라.

하나님의 위로

최영식 반장(사무실 인부를 반장이라고 부른다)이 사회복지사 자격증 취득을 위해 일을 잠시 내려놓고 실습 중이다. 최 반장님은 가깝게 지내는 집사님의 동생이기도 하다.

하루하루 벌어서 살아가야 하는데 한 달이나 쉬면 가계가 얼마나 힘들까 생각이 들었다.

모아놓은 돈이 여유가 있다면 좋겠지만 그다지 넉넉하지는 않을 것이란 생각이 든다.

부인이 직장암 진단을 받고 공부방 운영을 접은 상태이기 때문이다.

'뭔가 도움을 주고 싶다.'라는 생각은 들었지만 마음에 감동이 확실하게 오지 않아 생각만 하고 있었다.

얼마를 줘야 할까? 오십만 원? 백만 원?

어제 수요예배 기도 시간에 하나님께서 하나님의 백성을 위로하라는 말씀을 주셨다.

사무실을 운영하면서 새벽기도회를 다닐 수가 없다.

중보기도 시간을 따로 낼 수가 없다. 사무실 운영을 통해 생각지 못했던 큰돈을 벌면서 하나님께서 원하시는 것은 재정으로 당신의 사람들을 위로하기를 원하신다는 것이었다.

물론 말씀으로, 교제로 위로할 수가 있다. 거기에다 재정으로도
도움을 주라고 하신다. 내 것이 아니기에 감동이 오면 깊게
고민하지 않고 바로 순종한다.

이런저런 생각이 밀려오면 순종하기 어려운 이유와 변명이 산을
이루기 때문이다.

여전히 빚이 남아 있고, 아이들은 출가도 안 했고, 막둥이는 아직
대학생이란 이유로 잠시의 갈등이 생기면 인색해질 수밖에 없다.

어제 집에 돌아와 주님이 주신 감동으로 이백만 원을 최영식
반장에게 송금을 했다.

생활비에 조금이라도 보탬이 되기를 바라는 메시지와 함께
말이다.

이 글이 자랑이 되지 않기를 바라는 마음에서 글을 쓰고 있다.

주변의 가까운 지인들에게 재정을 나눠주면 모두들 황망해한다.

그러면 "난 몰라, 주님이 주시는 거야."라며 나도 민망해서 빨리
말을 끝낸다.

이런 일을 경험하면서 '하나님께서 얼마나 당신의 자녀들에게
주고 싶어 하시는가.'라는 마음을 알게 된다.

얼마나 당신의 자녀들을 위로하고 싶어 하시는지 깨닫는다.

나에게도 형제자매, 지인들이 준 도움의 손길 역시 하나님의
위로였구나를 비로소 알게 됐다.

그저 사람들이 살 만해서 주는 거로, 크게 감사치 않았던
기억들이 부끄러웠다.

작은 거 하나도 주님의 움직임 없이는 사람과 사람 사이에서 주고받을 수 없는 거라는 귀한 깨달음을 알게 하셨다.

이 세상에 하나님의 자녀가 아닌 자들이 있겠는가.

그 누구도 하나님의 손에서 창조되지 않은 인간이 있는가.

다만 집(예수)으로 돌아온 자이거나, 아직 집에 돌아오지 않는 자들뿐이다.

어떤 때는 믿는 자에게, 어떤 때는 믿지 않는 자들에게도 하나님의 위로가 있다.

난 그저 통로일 뿐이다. 하나님의 일하심을 보고 놀랄 뿐이다.

코로나로 인해 어려워진 소상공인 손실보상금으로 삼백만 원을 받게 됐다.

그날 구역예배의 말씀을 나누는 중에 거저 받았으니 거저 주라는 은혜의 말씀이 있었다.

그러다 함 집사님에게 나라에서 거저 받은 백만 원을 드렸다.

(인력사무소여서 늘 현금이 있다)

함 집사님 역시 너무 미안해하면서 이러시지 말라고 사양한다.

"나도 몰라, 거저 받은 거 거저 주라시잖아." 그렇게 마무리를 지었다. 얼마 후에 함 집사님이 아이들과 함께 코로나 확진 판정을 받았다. 장애인 돌봄 서비스라는 일을 하고 있었는데 확진 판정으로 일을 중단하게 됐고, 일주일 자가 격리가 끝날 즈음에 돌보는 초등학생이 확진 판정을 받았다.

"권사님, 제가 이달에 일을 못해 생활비가 부족한 것을 아시고 하나님께서 권사님을 통해 돈을 주셨나봐요." 전화가 왔다. 그리고 그 집사는 하나님의 사랑으로 눈물을 흘렸노라고 전해왔다.

난 하루 앞을 모르는 그런 자다.
앞날이 어떨지 모른다.
내일, 일 년 후, 십 년 후에 무슨 일이 일어날지 모르는 자다.
그저 하나님의 뜻이 전해지면 순종하고 싶은 자다.
이 나이에 이렇게 큰돈을 벌면서 그저 하나님의 통로이고 싶다.

나 역시 하나님의 위로가 크고 많았는데 미처 몰랐었다.
위로는 오늘도 계신데 또 모르고 지나치는 것 같다.
모든 것의 공급은 오직 하나님께로부터 오는 것인데 믿음이 적기에 오늘 부으시는 위로가 보이지 않는다.

눈을 뜨게 하소서, 귀가 열리게 하소서.
하나님~ 모든 것이 주님 것이고, 모든 것이 주님으로부터 옵니다.
감사합니다. 당신의 위로로 이렇게 풍성한 생명을 경험합니다.

● 한 생명

우리 구역의 집사님 한 분이 몇 주 전부터 교회를 안 나온다.

처음엔 궁금했지만 전화하기가 어려웠다.

그 집사님을 전도했던 우리 구역 식구의 말은 강요하거나 깊게 간섭하는 것을 싫어한다는 것이다.

예전 같으면 내 열심이 넘쳐서 만나고, 설득하고 강요했을 터이나, 지금은 서두르지 말자는 생각이 크다. 기도하고 기다리자는 생각이다.

그렇게 한 주, 두 주가 지나고 그 집사님의 딸이 코로나 확진이라고 다음엔 교회에 나오겠노라고 단톡방에 알려왔다. 그런 일이 있구나 싶어 다시 다음을 기다려 보는데 역시 교회에 나오지 않았다.

그 집사님에 대해 알아볼 길도 막막하다.

간혹 조금씩 들려오는 소식에 귀 기울이지만 아주 단편적인 얘기뿐이다.

화장품 사업으로 마음이 상했다는 말도 들려오고, 재정적인 어려움이 있다고도 하고, 골프를 시작해서 그렇다고도 하고, 남편과의 관계 때문에 그렇다고도 한다.

그 집사님에게 직접 들은 것이 아니기에 진실 여부를 따질 수도 없다.

말이란 게 전해서 듣다 보면 와전도 되고 전하는 자의 생각이 더해지기도 하기에 말이다.

혹시 구역장인 나 때문에 마음이 어려운 것은 아닐까도 생각이 든다.

그 집사님이 그러다 교회를 떠날까 염려가 든다.

이미 우리 구역은 아니지만 다른 구역원 몇몇이 교회를 나오지 않고 있다.

코로나로 인해, 목사님의 설교가 맘에 안 들거나, 교회에서의 결속력이 없거나 등등 이유가 많다. 한쪽에선 교회를 나가고, 한쪽에선 다시 전도가 되어 인원은 꾸준히 늘어간다.

얼마 전부터 목사님의 설교 말씀을 정리해서 톡으로 전송을 하고 있다.

코로나로 인해 비대면 예배가 있다 보니 말씀을 톡으로 전하는 방법도 가능하다 싶다.

복음의 진리를 정확히 알지 못하면, 길을 찾지 못하기에 어찌하든지 나의 폰에 저장된 친구나 가족, 지인들에게 말씀을 보낸다.

톡을 받는 사람 중에는 믿는 자도 있고, 믿지 않는 자도 있고, 예전에 교회를 다녔던 자들도 있다.

그들 중 단 한 생명이라도 건짐 받기를 기도하고, 또 기도하면서 말이다.

귀찮아하든, 읽지 않든 하나님께서 단 한 번의 터치가 그들의 심령을 건드리면 된다.

그 집사님도 우리 구역원이니 톡을 보낸다.

믿지 않았던 남편이 구원받고 이 땅을 떠나야 했기에 사무실 일을 마치고 집으로 돌아오면 병원에 입원한 남편과 한 시간 이상 전화로 성경 말씀을 전하며 기도를 했다.

구원자이신 예수님에 대한 확실한 고백이 있기를 바라고 바라면서 말이다.

구원이 얼마나 값지고 소중한지 남편을 떠나보내며 알게 됐다.

그러니 한 생명이 주님께 돌아오는 역사가 이렇게 중요한데 한 생명이 교회를 떠나는 일 또한 얼마나 안타까운 일인지 모른다.

한 생명을 얻고자 예수님이 생명을 버리셨는데, 한 생명을 잃게 되는 아픔과 상실감을 어찌하랴.

그 집사님을 잃지 않아야 하기에 오늘 다시 기도한다.

주님~ 붙들어 주세요. 당신의 견고한 팔로 그녀를 붙들어 주세요.

그 집사님의 심령을 움직이서서 당신의 사랑 앞에 엎드리기 원합니다.

● 봉순이

오전 사무실의 일이 끝나고 들어오는 시간은 거의 늦은 아침을 먹는 시간이다.

그래서 몸은 쉬고 싶다는 생각도 들고, 배는 비어있는 경우가 허다하다.

'집에 가면 뭐라도 먹고 쉬어야지'라고 생각하며 들어온다.

인부들과 거래처 반장님들과 전화가 많을 때는 더욱 지치고 지쳐서 들어온다.

그러나 요즘은 많이 바뀌었다.

'우리 봉순이 뭐할까? 나를 반길 텐데.' 하며 기대를 안고 집으로 온다.

봉순이는 우리 집에서 기르기 시작한 반려견이다.

엘리베이터에서 내려 현관 번호키를 누르면 기대치가 최고에 달한다.

자다가 나오는 경우가 아니면 두 발을 들고 꼬리를 흔들면서 아주 격하게 반응한다.

엉덩이를 씰룩씰룩 흔들며 꼬리까지 흔드는 것을 보자면 허기짐과 피곤함과 스트레스가 일시에 날아간다. 그리고는 언제 쉬고 싶은 생각을 했는지 기억이 없다.

봉순이하고 장난을 치며 잡으러 다니기도 하고 거실을 오고 가며
뛰기도 한다.

아이들이 놀란다.
봉순이가 오고 나서 엄마가 더 밝아지고 웃음도 많아지고 활기가
넘친다고.
그래, 나도 몰랐던 행복감과 기쁨이 솟고 넘 좋다고 대꾸한다.
내 안에 이런 감정들이 있었다니 스스로 놀라곤 한다.

강아지를 끌어안고 다니는 사람들, 지나치다 싶게 강아지를
사람보다 귀하게 여기는 사람들을 비난했었다. "저건 하나님도
싫어하실 거야, 강아지가 우상이 되는 거 아니야."
요한이가 강아지를 기르자고 했을 때, 많은 우려와 염려로
망설였다.
결정하기까지 몇 개월의 시간이 흘렀고, 지인을 통해 봉순이를
만나게 되었다.
지금은 요한이가 내게 준 큰 선물이 봉순이라고 할 정도로
봉순이를 통해 가족이 더욱 대화하게 되어 감사하다.
봉순이를 통해 생명의 소중함도 더 인식하게 되었다.
봉순이가 옴으로 새로운 생활의 시작이 됐고,
아이들과 다녀온 제주도 여행 내내 우린 봉순이 얘기로
시작했다가 끝 역시 봉순이가 잘 있을까로 마무리했을 정도다.

지금은 강아지를 기르라고 권유를 한다.

삶의 똑같은 패턴 속에서 누구나 지루하고, 지치는 일상에 새로움을 주기에.

사람과의 사랑의 교제에는 반응을 원한다.

사랑의 표현도 상대에 따라 숨기고 드러내지 않는다.

사람과 사랑을 나눌 때 거의 조건과 명분이 베이스에 있다.

그래서 사랑이 오래 지속적이지 않다. 변하고, 변질되고 때론 사랑이라고 시작한 아름다움이 썩을 때도 있다.

그런데 강아지와의 사랑은 조건도 아무런 명분도 필요 없다. 가장 순수하게 사랑을 표현한다.

사랑을 거의 일방적으로 주기만 한다.

강아지가 조금이라도 반응을 해주면 그땐 과장된 표현으로 미칠 지경이다.

하나님께서 우리를 향해 부으시는 사랑도 이런 모습이 아닐까 생각해본다.

그냥 무조건적인 사랑, 거기에 우리의 반응이 더해지면 미칠 지경으로 사랑하시는 아버지 말이다.

돌아온 둘째 아들에서 아버지의 모습 말이다. 이런 아버지가 계셔 늘 든든하다.

5부

사랑과 순종

〈금쪽같은 내새끼〉라는 솔루션 TV 프로그램이 있다.

문제 아동들의 가정을 들여다보면서 아동과 그의 부모를
터치하며 해결 방안을 모색하는, 참으로 배울 점이 많은, 좋은
프로그램이다.

오은영 박사님의 문제 제시가 양육을 끝낸(?) 듯한 나에게도
가르치고 생각하게 하는 바가 크다.

아이들을 관찰하다가 그들의 속내를 들어보는 시간이 있다.

아이들의 한결같은 대답은 엄마를 사랑하고 있다고 하는 것이다.

엄마가 슬퍼하지 않고, 눈물을 안 흘리면 좋겠단다. 그러나
그들의 행동은 마음과 생각의 반대로 드러난다.

사무실에서 아침 정리를 하는데 요한이가 전화를 했다.

엄마 뭐하시냐고 질문을 시작해서 언제 집에 올 수 있냐고, 배는
안 고프냐고 질문을 한다.

그 질문에 대답을 하고는 어제 집에서 중간고사를 비대면으로
치르고 빵점이라면서 크게 자책하는 모습에 대해 신앙을 더해 말을
했다.

소파에 누워 한숨을 쉬고, 방에서 뭔가 부수는 듯한 소리가 나고,
어찌할 줄 모르는 요한이에게 산책을 가라고, 분리수거를 하라고

지시했으나 듣지 않았음을 상기하며 말을 했다.

"네가 엄마를 사랑하고, 위하는 거하고 엄마 말에 순종하는 거랑은 다른 거야."

나를 정말 끔찍이도 위하지만 어떤 문제를 해결하는 방법을 던지면 듣지를 않는다.

사랑한다고 해서 순종할 수 있는 것은 아니다.

엄마라는 존재가 절대적으로 필요하지만 정작 엄마 말엔 순종이 안 되기에 문제와 갈등이 야기된다.

그러면서 요한이에게 누나인 금아의 이야기를 전했다.

"누나가 엄마를 사랑하고 좋아하지만 나의 말에 순종하기까지 얼마나 어려움과 다툼이 있었는지 네가 알잖아. 가정예배, 성경 읽기, 수요예배에서 드럼 치기 등등 아무 군말 없이 순종하기까지 자신을 내려놓는 연습과 훈련을 해야 하거든."

"맞아, 누나를 보면 그래."

이러한 시간이 오기까지 금아도 나도 순종의 훈련이 필요했다.

요한이에게 엄마가 이 시간까지 쉽게 걸어온 게 아니라고, 실수하고, 실패한 것도 다시 마음을 스위치해서 주님께 나아가라고 당부했다.

"엄마가 망치고, 깨뜨리고, 가루로 부숴 놓은 너희들을 주님이 이렇게 회복시키시고, 잘 만들어 놓으셨잖니, 네가 잘 못 본 시험도 재료가 되어 너를 이끄신다."라고 전했다.

요한이는 주일날 잠이 안 깨서 교회를 못 가고, 시험 때문에
교회를 안 가고, 알람을 못 들어서 못 일어났다고 교회를 못 가는
사정도 그때그때 다양하다.

예배가 삶의 우선순위가 되게 가르치는 것 또한 쉽지가 않다.
강제로 가르칠 수가 없어 기도하며 기다린다.

금아하고 사랑과 순종의 이야기를 자동차 안에서 나누면서
주님이 남편과 나를 조명해주셨다.

남편과 결혼할 때는 분명 좋아하는 마음이 있어서 결정을 했는데
결혼 생활은 왜 행복하지 않았는지의 답을 알게 하신다.

남편에게 순종하지 않은 것이다.

하나님께서 가정의 질서로 남편이 먼저이고 다음이 아내인데
하나님의 질서를 무시했고, 매사의 결정은 내 뜻이 먼저였으니
남편의 마음이 닫혀갔고, 점점 말이 적어졌다.

소통이 안 되는 신랑이랑 산다고 나 혼자 떠들어댄 것이 남편이
없는 지금에서야 답을 찾았으니 이 노릇을 어찌하랴.

주님은 나의 의가 깨지기 가장 좋은 곳으로 결혼이라는 놀라운
제도를 만드셨다.

특히 자녀들을 통해 자아가 깨지고, 내 뜻을 내려놓도록
훈련시키신다.

이 세상에서 가장 어려운 일이 무엇이냐는 질문의 답이 자녀
양육이라고 하지 않는가.

사랑으로 시작한 만남은 가족이든, 연인이든, 직장 동료이든, 교회 안에서든 순종으로 승화하지 않으면 열매가 없다.

엄마로서 아빠로서 순종의 모델이 되어 그것을 보며 아이들이 배우는데, 부모의 참는 모습을 아이들에게 비춰야 하는데 말처럼 쉽지가 않다.

나 자신을 봐도, 우리 아이들을 봐도 순종의 사람이 되어가는 과정은 눈물 없인 어렵다.

순종이 필요한 관계에서 내가 꺾이지 않으면 하나님과의 관계에서는 말할 것도 없다.

내 뜻을 내려놓는 시간은 분명 살을 깎고, 뼈를 깎는 시간이다.

정말 십자가의 길이다.

가정에서, 직장에서, 교회에서 순종의 사람으로 자리를 지켜간다는 것은 주님의 도움 없인 이루기 어렵다. 나의 의지로는 참는 데 한계가 있다.

부딪히고, 깨지고, 다툼이 있고, 욕설이 오가고, 그럼에도 마지막 자리는 주님 앞이어야 한다.

주님의 은혜를 구하고, 주님의 마음을 성경을 통해 읽어야 한다.

사랑과 순종의 열매를 맺기 위해 포기하지 않도록 서로 격려하면서 가자.

길은 멀고 험하다. 그러나 나는 혼자가 아니다, 주님이 먼저 가신 길이고, 지금 주님과 함께 가는 길이기에 안심이고 다행이다.

일어나 같이 가자.

이봉용 집사

"권사님, 지금 어디세요, 권사님 생신이라 떡을 사놨는데 집에
들러주세요."

예의가 깍듯한 이봉용 집사의 전화다.

요한이하고 자동차 검사를 받으러 기흥 쪽으로 가는 중에 전화가
왔다.

"그래, 들릴게."

떡을 좋아하는 나에게 여러 번 맛있는 떡을 선물해줬다.

내가 살고 있는 동네에서는 맛보기 어려운 떡이다. 물론 맛도
좋은데다 눈요기도 훌륭하다.

작년 여름, 자꾸 이봉용 집사 생각이 났었다.

전화를 걸어봐야지 생각은 했는데 사무실 일로 바쁘면 금세
잊어버리곤 했다.

그러다 전화를 걸었는데 아프다고 하면서 집에 있다고 한다.

왜 아프냐고 물었더니 교통사고가 나서 꼼짝 못 하고 있단다.

난 한걸음에 달려갔다.

승용차로 출근하는 길에 앞차가 길이 밀려 정차된 것을
모르고 자동차 전용도로에서 앞차를 박았단다. 이 집사의 차는
폐차를 시킬 정도의 손상(폐차를 시켰다)이 갔고, 허리에 금이 가서

누워있어야 한다고 했다.

칠월 한 달을 병원에서 보냈노라고 말을 한다.

"전화를 하지 그랬어." "코로나 때문에 면회도 안 돼서요."

더운 여름날에 거실 한복판에 침대 매트리스를 옮겨 놓고는 그 위에 누워있다.

고개와 손만 움직일 정도고 일어나 앉지를 못하니 누워서 빨대로 음식(유동식)을 마신다.

기적적으로 살아난 것이다. 피 한 방울도 안 흘렸다니 있을 수 없는 일인 것이다.

왜 진즉에 전화하지 않았냐고 괜시리 투정을 던졌지만 얼마나 다행인지 모른다고 얘기를 나눴다.

기도해준다고 하면서 앙상한 손을 붙들었다.

"주님! 살려주셔서 감사합니다. 이렇게 살아 있게 해주셔서 만날 수 있음이 얼마나 감사한지요."

눈물이 흘렀다.

이 집사하고는 딸을 둘을 놓고 나서 막내로 아들을 낳기 전쯤에 만났다(막내 아들이 올해 군대를 갔다).

시어머님인 김명미 권사님과 신앙생활을 같이 하고 있었고, 이 집사는 안양에 살다가 시댁으로 들어오게 되면서 자연스럽게 알게 됐다.

처음 보면 깍쟁이처럼 예쁜 얼굴이고, 게다가 예의가 얼마나 바른지 모른다. 말하는 본새도 그렇고, 행동 하나하나가 실수가 거의 없다. 남에게 피해주는 행동은 아예 없다는 생각이 들 정도다.

예은, 예원, 예승이 세 자녀는 공부방을 운영할 때 내게 와서 배웠다.

서로의 사정이나 형편, 개개인의 특성까지 알 정도로 깊은 관계를 맺어온 셈이다.

서로의 어려움에 기도를 부탁하기도 하고, 서로 기도하면서 신앙의 끈으로 오랜 시간 만남을 유지해 온 것이다.

남편의 핸드폰으로 사무실 운영을 하고 있으니 폰에 저장된 남편 친구의 이름으로 전화가 온다.

남편을 찾는 이야기를 꺼내면 남편은 돌아가셨다고 전한다.

거래처라고 저장된 번호로 전화가 와서는 "사장님이 안 계세요?" 하면서 남편을 찾는다.

얼마나 황망해하는지. 그리고 얼마나 미안해하는지 모른다.

남편의 부고 소식을 거의 전하지 않았다.

남편의 대학모임 단톡방에만 부고 소식을 전했을 뿐이다.

입금계좌 번호를 보내라고 하는데 내가 돌려주지 못할 것이기에 끝내 알려주지 않았다.

나도 그러한 경우를 만날 수 있다.

알고 지내던 사람을 어느 날 다시는 못 볼 수 있다.

단순히 알던 사람이 아니라 가깝게 지낸 사람들에게도 마지막 인사를 못 하고 떠나보낼 수 있다.

출근한다고 나선 이들을 그 길이 마지막이 되는 뉴스를 접하면서 안타까움은 더 크다.

만약에 이 집사가 교통사고로 이 땅을 떠났다면 잠시의 소원함으로 서로의 근황을 모르고 지나갈 수 있는데 어쩔 뻔했을까 싶다.

살아 있음은 기회다.

회복할 기회, 만날 기회, 사랑할 기회, 용서할 기회다.

이 살아있는 시간의 소중함을 귀하게 여기지 않았다.

얼마나 많은 기회를 놓치고 살아왔는지 모른다.

분명 기회를 주셨음에도 감사치 않고 귀찮아하면서 사람들, 일 모두에 불평을 얼마나 늘어놓았는지 모른다.

"예은아(이 집사의 큰딸 이름), 너무 고맙다. 네가 살아있어 만날 수 있으니 너무 고맙다."

몇 번이고 카톡으로 인사를 건넸다.

"권사님, 금아를 집으로 보내주세요, 김밥을 싸났어요."

아직 바깥 활동이 자유롭지 못하기에 집에서 이런저런 정성으로 내게 다가온다.

얼마나 귀하고 얼마나 고마운지 모른다.

건강하게 오늘 살아 있어 안부를 전하고, 만나서 따뜻한 식사라도 할 수 있음은 놀라운 축복이다.

감사함을 넘치게 하라(골로새서2:7)는 말씀을 다시 한번 새겨본다.

고난에 대한 두려움

예언 듣기를 좋아했다.

특히 잘 될 거라는 예언은 귀가 솔깃하다.

사탕을 입에 넣어둔 기분이다.

미국에서 여러 명의 예언가를 초청해서 예언을 듣게 했다.

너무 큰 예언을 들으면 뛸 듯이 기뻤다.

예언을 들으면 금방 이루어질 것 같았다.

그런데 수년간 예언의 성취는 이루어지지 않았다.

그래도 듣기에 좋은 예언에는 다시 귀를 기울였다.

어려움에 대한 예언은 금방 실망을 한다.

아니, 낙심이 크다. 그 예언 아니래도 어려움은 늘 파도처럼
밀려온다.

삶의 길이 답답하고 두렵기에 고난에 대한 예언은 불안을
가중시킨다.

사람들은 불길한 꿈조차도 삶을 얼마나 가두는가. 나도 예외는
아니다.

지금의 교회로 옮겨와서 복음에 대한 진리를 새롭게 접하고 나니
어려움이 문제가 아니라 오직 주님과 더불어 사는 삶이 중요함을
알게 됐다.

지금의 목사님은 예언이 중요하지 않고 예언에 묶이지 않기를 말씀하신다.

예수가 오신다는 가장 크고 확실한 예언이 성취됐고 완전하게 이루어졌다.

오직 예수 그리스도와 함께 주님이 이 땅에 세우신 하나님 나라에서 사는 방법을 제시하신다.

이 땅에서 그 누구도 어려움을 피할 수 있는 자는 없다.

어쩜 어려움이 필요하다.

내 삶을 돌아보면 어려움 속에서 주님께 가까이 다가갔고, 주님의 위로 가운데 안식을 누렸다.

이미 복된 소식은 임했다.

더 이상의 예언은 필요하지 않다.

모든 것을 지불하시고, 모든 것을 이루시고, 모든 것을 허락하셨다.

병이든, 죽음이든, 재정의 어려움이든 모든 상황은 나를 키우는 재료다.

예수 한 분이면 충분하고, 예수 한 분만이 나의 삶의 모든 것이 된다.

요한이가 운전을 시작한 지 얼마 되지 않았는데 사고를 두 번이나 냈다.

거기다 신호위반 과태료 통지서가 하루에 두 장이 날라왔다.

요한이는 운전하는 것이 싫다고 처음부터 말을 했었다.

형이 신차를 사기에 형이 타던 차를 타라고, 집에서 학교까지 교통이 안 좋다고, 어차피 사회생활 할 거니 운전은 필요하다고 설득시켜서 시작한 운전이다. 학교는 비대면 수업이라 차는 지하 주차장에 겨우내 있었다. 봄에 시작한 운전이 보통 어려움이 큰 게 아니다.

남들 다하는 운전이 요한이에게는 쉬운 일이 아니니 참으로 사람이 두려움을 갖는 게 정답도 없고, 통일된게 없다 싶다.

하기 싫다는 운전을 포기해서는 안 된다고 다독였다. 이것을 뛰어넘어야 한다고 말이다.

삶의 어려움이 올 때마다 포기하고, 피할 수 없다고, 내 능력으로는 어려우니 주님께 기도하자고 대화, 또 대화를 한다.

운전대를 잡으면서 감사기도를 하고, 돌아와서 다시 감사기도를 하라고.

아무리 운전을 잘해도 사고는 날 수 있다고, 주님께 감사하자고.

다윗이 왕이 된다고 사무엘 선지자가 뜬금없이 나타나 예언을 하고 기름을 부었다.

다윗이 왕이 되기까지 얼마나 어려움이 많았는지 성경을 통해 알았지만, 내가 예언을 받았을 땐 예언이 쉽게 이루어질 줄 알았다.

공감능력

〈금쪽같은 내 새끼〉라는 티비프로그램이 있다.

자녀들의 문제점을 밝히고 솔루션의 과정을 통해 회복되어가는 방송이다.

이번 주에 나온 아이의 문제점은 스트레스를 받거나 두려움을 느낄 때 손으로 머리카락을 뜯어내는 것이다.

정수리 부분에 오백원 동전보다 더 크게 구멍이 나있었다.

화장실에 가서 부모 모르게 머리를 뜯고는 변기에 머리카락을 버리고 물을 내리는 장면을 보면서 금아와 나는 비명을 질렀다.

아이가 너무 딱하고, 그 고통이 얼마나 클까 생각하면서 말이다.

오은영 박사가 관찰 소감을 말하는데 아이는 너무 세심하고 예민한 아이인데 부모가 공감해주는 말을 해주지 않아 소통불가인 게 원인이었다.

부모는 맞벌이어서 할아버지, 할머니가 양육을 감당하고 계셨다.

아이는 자라면서 외로워졌고, 우울해져갔다.

혼자라는 두려움도 크게 느끼는 사건도 있었다.

아이에게 부모님이든, 시부모님이든 공부가 우선이었다.

이 프로그램이 끝나기 전부터 "우리 얘기다, 금아 얘기다."라고 크게 공감하면서 나를 진단하기 시작했다.

금아 역시 내가 공감을 안 해주었다고 말했다. 나 역시 공부에 집중하느라 돌이 지난 금아에게 공부를 가르치기 시작했다.

금아도 어려서부터 손톱, 발톱을 내가 깎아 준 기억이 거의 없이 이빨로 물어뜯었다.

커서도 손톱을 이빨로 뜯어서 내가 하는 것은 잔소리와 면박뿐이었다.

아마 등짝도 꽤나 때렸을 것이다.

금아는 정말 예민하고 세심한 아이다.

지금도 나를 배려하고 섬기는 것을 보면 혀를 내두를 정도로 잘한다.

그런 아이가 동생들 때문에 치이고, 공부 못한다고 구박하고, 징징거리고 자주 우는 아이라고 단정을 짓고는 내 인내의 경계 밖으로 내몰았다.

금아의 성격은 자라면서 극심할 정도로 무섭게 변했다.

자기 맘에 안 들면, 자기 뜻대로 안 되면 집어던지기도 했다. 심하게 욕도 하면서.

아무도 건들 수가 없었다. 무슨 말을 쉽게 건넬 수가 없었다.

물론 잘할 땐 그렇게 잘할 수가 없었다. 나의 필요한 것을 캐치가 빨라서 일도 잘 도와주고, 센스가 만쓰라고 엄지손가락을 치켜들곤 했다.

이번 〈금쪽같은 내 새끼〉를 보면서 나의 공감능력이 전혀 없었음을 알게 됐다.

금아하고도 많은 얘기를 나누면서 나의 자라온 환경도 그랬고, 주님으로 인해 벗겨지지 않았던 나는 공감능력이 제로였다고 딸에게 고백을 했다.

(로마서12:15) 즐거워하는 자들로 함께 즐거워하고 우는 자들로 함께 울라.

다른 사람들의 즐거움에 꼬투리를 잡으려 기웃거렸고, 다른 사람의 슬픔엔 이유와 원인을 분석하면서 판단했었다.

예수를 믿는다고 할 때도 얼굴의 표정은 조금 컨트롤할 수 있었지만, 다른 이들과 거의 마음은 함께가 안됐었다.

부끄러운 모습이었는데 그때는 그 조차도 몰랐다.

심령이 깨뜨려지지 않은 모습에선 나올게 정말 율법의 쓴 열매뿐이었다.

그러면서 주님께 요구만 많았다.

모든 게 사람과의 관계에서 시작되는 것인데 시작도 할 수 없는 사람이 뭘 이루어 보겠다고 기도했으니 스스로 지치고 절망하고 자학할 수밖에 없었음이 지금에서야 깨달아진다.

이 은혜가 크다.

자식과 소통이 어려우면 타인과의 소통은 그림자이고 가면일 뿐이다.

주님은 내게 그걸 가르치시는데 수십 년을 쓰셨다.

실로 금아와 나는 눈물의 시간이 길었다.

나의 뜻이 깨지고, 나의 상한 심령이 회복되면서 금아와 서로
순종의 관계가 되어가고 있다.

금아의 인성에 온갖 더러움을 묻힌 장본인은 금아가 아니라
나였다.

나의 부모로부터 사랑받지 못하고, 공감 받지 못한 나라는 인격이
대물림되어 금아를 외롭게 했고, 두렵게 했다.

그리고 입엔 온갖 못할 소리를 담고 떠들어댔다.

금아가 아기일 때는 하나님께 "왜 이런 애를 나에게 주셨냐."라고
투정을 했다.

지금은 '금아를 주셔서 넘 감사합니다.' 이렇게 감사를 한다.

다행히 서른네 살이 되도록 시집을 가지 않고 내 곁에 있어
회복이라는 축복의 은혜를 받고 있으니 얼마나 감사한지 모른다.

주님의 은혜가 얼마나 큰지 모른다.

이것이 진정 복인 것도 알게 되어 또 감사하다.

아이의 문제라고 들고 나오면 거기엔 항상 문제의 부모가 있다.

나 역시도 문제 부모였다.

공감 받지 못하고 자란 부모 아래에 공감 받지 못하는 아이들이
있다. 이것이 진정 안타까운 일이다.

주님의 은혜가 퍼져나가길~

관계

"어휴 미연이는 성격도 좋아. 이해심도 많고, 어디에 내놔도 인정받을 거야."

자기 할 일은 알아서 하고, 심부름도 잘하고, 게다가 머리도 좋고, 공부도 잘하고.

어릴 적 듣던 일상의 단어들이었다.

친구들 사이에서도 단연 인기가 많다며 칭찬 일색이었다.

결혼하기 전 시부모님하고 특히 고부간의 갈등이 왜 일어나는지 궁금했다.

난 충분히 잘하고 잘 지내리라 여겼다.

시집살이를 몇 개월도 하지 않아 나의 민낯이 드러났다.

삐걱거리기 시작했고 잡음이 점점 커져갔다.

나의 말수는 줄어들었고 울음은 많아지기 시작했다.

이제 나이 육십이 넘어서 사람의 근원을 알게 됐다.

그리고 내가 얼마나 속고 또 속으며 살았는지 말이다.

내가 인정받았던 많은 것들이 가짜였고, 교만의 날개를 달고 살았는지 주님의 빛 앞에 드러났다.

사람의 속내에 뻗쳐있는 가지의 깊이를 가늠할 수도 없을 만큼

잔인하고, 탐욕스럽고, 매사에 계산적이라는 사실이다. 욕심의
바탕을 덮고 덮으며 위선과 거짓의 탈을 쓰고 살아온 삶이 이제야
보이기 시작했다.

　그런 사람끼리 잘 지낸다는 거 자체가 어불성설이다.
　의리, 우정, 인간성 등등을 학창시절에 술잔을 기울이며 얼마나
논했는지 모른다.
　'사람이라면, 사람의 탈을 썼다면 그러면 안 되지.' 하면서, 나는
늘 괜찮은 편에 모셔다 놓고 세상의 거짓과 모순에 흥분하며 밤을
지새우기도 했다.

　주님 안에 있다는 형제끼리의 실망감은 가슴을 갈기갈기 찢는
형국이었다.
　'난 언제나 옳고, 언제나 인간적이고, 나는 최소한 그 정도는
아니야'라는 전제하에서의 관계는 이미 시작도 안 한 것이었다.
오랜 시간, 아주 오래 그렇게 살아왔다.
　모든 문제의 발단은 내가 아닌 상대이고, 난 하는 데까지
배려하고 참은 것이라는 지독한 자기변명에 흠뻑 적셔져 있었다.
그러면서 전도, 양육, 헌신이라는 신앙의 반열까지 올라가 우쭐한
어깨를 치켜들고 고개를 들었다.

　안전한 관계는 사람에게서는 없다.
　확실한 관계도 사람에게서는 없다.

언제 어떤 모습으로 나빠질지 가늠하기 어렵다.

"아."라고 전하려 했는데 듣는이는 "어."도 되고, "이."도 될 수 있다.

"아."를 다시 전하려고 설명에 설명을 거듭하면 실타래는 걷잡을
수 없이 뒤엉키면서 문제의 본질을 잃어버린다. 격한 감정만 남아
관계는 더욱 어려워진다.

상대가 "이"로 들으면 그렇게 들을 수 있는 것이다.

상대가 "어"로 들으면 그렇게 들을 수 있는 것이다.

소용돌이치는 감정의 혼란을 빨리 잠재워야 한다.

상대를 잃지 않기 위해서 말이다.

상대가 있기에 내가 있을 수 있다.

상대가 없으면 나 혼자 지킬 자리도 없고, 위치도 필요 없다.

주님과의 관계 맺기는 늘 성공이다.

언제나 그 자리에서 상대인 우리를 소중히 여겨 잘 들어주시기
때문이다.

어떠한 모습으로 다가와도, 속내를 감추고 다가가도 밀어내지
않으시는 주님이시기 때문이다.

이젠 상대를 내가 지켜줘야 한다.

예전엔 상대를 쓰러뜨리고 나만 남아야 했지만

이젠 상대를 세워야 내가 있는 것이다.

주님의 모습을 배워가면서 말이다.

● 끝

끝이 보이지 않았습니다.

정말 끝나지 않을 것처럼 보여 두려웠습니다.

모든 게 끝이 있다고 사람들은 떠들지만 내게는 끝이 없을 공포였습니다.

하나님은 무기력하셨습니다.

역사하시는 하나님이라고 기도를 시작하지만 내게는 역사를 중단한 하나님이셨습니다.

그런 일상과 신앙에서 돌파구는 나를 더욱 채찍질하며 열심을 가속하는 것이었습니다.

하나님과 상관없는 신앙으로 지치고, 주저앉아 결국 울 수밖에 없었습니다.

아이들도 남편도 재정도 마지막엔 나의 건강까지 빛이 없는 터널에 갇혀 버렸습니다.

울어도, 악을 쓰고 기도해도 달라지지 않았습니다.

성경을 쓰고, 신앙서적을 탐독하고, 시간을 정해 기도하고.

내가 규칙을 정해놓고 내가 목표를 달성하지 않으면 잠을 줄였습니다.

하나님의 사랑과 예수 오심과는 상관없는 내 삶의 전환이 반드시 필요했기에 최선을 다했습니다. 끝나지 않는 나와의 전쟁.

평생 임신

지쳐가고 포기하고 느슨해지고 나사가 풀려나가는 형국이었습니다.

그래, 언젠가 끝이 나겠지. 자조의 목소리로 위안을 삼았습니다.

지치고 지쳐 많은 것을 손에서 내려놓기 시작하면서 실타래의 처음을 찾았습니다.

정리가 되고 열리기 시작했습니다.

그러다 덜컥 남편이 암에 걸리면서 남편의 끝이 보이기 시작했습니다.

남편의 끝은 구원이라는 시작을 갖게 했습니다.

이 땅의 끝은 끝이 아님을, 새로운 시작임을 알게 하셨습니다.

구원이라는 영광을 얻고 떠나는 남편을 보면서 하나님은 일하고 계심을 보았습니다.

아~나의 끝도 조만간, 오래지 않아 있겠구나.

많은 것들의 관점이 바뀌어 갔습니다.

하나님은 역사하고 계시고, 그것도 쉬지 않고 계속해서 일하고 계시다는 거룩한 두려움이 나를 덮었습니다.

나는 엎드렸습니다.

다시 울었습니다. 감사해서, 나를 포기하지 않고 붙들어 주셔서.

터널을 빠져나왔습니다.

터널이 끝나지 않은 것은 내가 붙들었던 인생이었기 때문입니다.

무기력한 하나님은 기다리신 것이었습니다.

대답 없는 하나님은 말씀하고 계셨는데 내 귀를 막은 것은 나의 뜻이었습니다.

새로운 끝을 다시 주님과 만들어갑니다.
영원 속으로 함께 들어가기 위한 이 땅에서의 끝을 주님으로
채워갑니다.
주님은 일하십니다.
만들어 가십니다. 쉬지 않으시면서.

● 배설물

사무실 화장실에서 소변을 보느라 변기에 앉았다.

앉아서 소변을 보는데 바닥 구석에 반짝이는 게 보였다.

담뱃갑의 비닐 껍질인 줄 알고 소변을 보고 일어나면서 집으려고 했다.

찐득한 가래였다.

에구구~

이미 손에 묻었지만 화장지를 가져와 닦아냈다.

한 칸도 안 되는 화장실에서 담배를 피우니 재떨이에도, 싱크대에도 가래가 눈에 보인다.

이젠 어떤 놈이 그랬는지 화가 나거나 괘씸하지도 않다.

여기저기 지저분한 게 한두 번도 아니다.

그 바람에 수세미를 들고 변기와 바닥을 싹싹 닦아냈다.

고무장갑도 안 끼고 말이다. 어차피 더러워진 손이니 나중에 씻어내면 그만이다.

아이들을 키울 때 똥을 치우려고 기저귀를 갈다보면 손에 똥이 묻기도 하고, 손톱에 똥이 끼이곤 했다.

설사라도 할 때면 여기저기 똥칠갑을 한다.

첫 아이 때는 경험이 없고, 요령도 없어 참으로 난감할 지경으로 살았다.

둘째, 셋째를 키우면서 조금씩 요령이 생겼지만 실수가 일어나곤 했다.

내 아기들이니 더럽다고 생각이 안 들기에 불만도 없고, 화도 안 나고, 당연한 일이었다. 아이 셋을 길렀으니 손에 똥이 묻은 횟수는 헤아릴 수 없이 많았을 것이다.

철이 없던 어린 시절엔 더럽다고 생각하는 일을 하는 사람을 보면 색안경을 끼고 바라봤었다.

건물 화장실 청소를 하는 아주머니를 보면서 저런 더러운 일을 할까 싶은 때가 있었다.

냄새가 나는 청소차에 쓰레기를 집어 던지는 사람들을 보면서도 일에 대한 편견이 있었다.

냄새나고 더럽다고 여기는 것은 손을 안 대고 멀찌감치 떨어져 보기만 했던 때가 있었다.

그런 일은 나 아닌 다른 사람들의 일이라고 여기면서 말이다.

정말 더러운 것이 무엇인지 모르는 자였다.

처음 시집을 가서 시댁에서 시부모님과 함께 살았다.

시부모님이 식사 때에 농사일을 중단하고 들어오시면 빗물을 받아놓은 통에 손을 씻곤 하셨다.

통에 든 물은 벌레가 죽어 있거나 먼지가 뽀얗게 덮고 있거나 물색도 불투명했다.

때론 걸레에 손을 닦고 앉으시기도 했다.

내심 더럽다고, 손을 깨끗이 씻지 않는다고 불만을 갖었다.

그리고는 상에 같이 둘러앉아 식사를 하니 식사 자리가 불편했다.

어느 날 문득 시아버지의 손이 가장 깨끗하다는 생각이 들었다.

이때는 하나님을 믿지 않았는데 지금 생각해보면 하나님의 은혜였다.

평생 일밖에 모르는 시아버지의 손이 비록 흙이 묻어있을지라도, 나쁜 일을 하거나, 못된 일을 하는 사람의 손에 비해 깨끗하다는 생각이 들어 불만이 사라졌다. 신기했다.

사무실 화장실을 청소하고는 가래가 묻었던 손을 비누로 깨끗이 닦았다.

사람들 누구나 살아 있다면 배설물과 함께 살아감을 확인한다.

나이가 든다는 것은 더러움의 기준이 바뀌는 것이 아닐까.

복음을 알고부터는 더더욱 그렇다.

깨끗이 씻은 손으로 가족들의 음식을 준비하고, 손으로 만질 수 있는 것은 모두 만진다.

입으로 들어가는 것은 배로 들어가서 뒤로 내어버려지는 줄을 알지 못하느냐

입에서 나오는 것들은 마음에서 나오나니 이것이야말로 사람을 더럽게 하느니라(마태복음15:17-18)

똥이든 가래든 눈에 보이는 더러운 것은 닦아내고, 씻어내면 그만이다.

정말 닦아낼 수 없고 씻어낼 수 없는 더러운 것들이 무엇인지 바로 알고 싶다.

내 마음에 웅크리고 있는 더러움의 실체가 드러나기를 기도한다.

평생 임신

부부 싸움

동생 현주에게 전화가 왔다.

지지난 주에 장 서방하고 대판 싸웠다고 한다.

그러면서 싸운 이유는 자꾸 미룬다. "너는 왜 이유를 말을 안 해?"

얼마 전에도 안부 전화를 하고서는 "너는 별일 없냐"라고 물으니 나중에 얘기한다면서 미뤘다. 어려움이 생기거나 문제가 생기면 쉽게 털어내지 않는 동생이다.

동생은 자존심에 스크래치가 나서 그렇다고 하면서 이유를 말하기 시작했다.

주말이면 집에 오는 장 서방하고 아이들과 저녁을 맛있게 먹으면서, 모처럼 분위기도 좋고 해서 물가도 올랐으니 생활비(퇴직해서 계약직으로 다닌다고 칠십만 원을 받고 있었다)를 십만 원 인상해달라고 웃으면서 말을 건넸단다.

동생 신랑은 정색하면서 지금 살고 있는 임대 아파트를 분양받으려고 한다고 답을 했단다. 거기에 동생은 십만 원 정도는 더 줄 수 있지 않느냐고 다시 따져 들었고 장 서방도 지지 않고 십만 원을 줄 수 없는 이유를 목소리 높여 판을 키웠단다. 동생은 요양보호사로 일을 하면서 생활비를 함께 충당하고 있다. 십만 원이 모자라서 그렇게 말을 시작한 것이 아닌데 제부는 잔소리에, 지적질에 그간 해오던 자동 응답기를 틀어 놓았던 것이다.

은정이는 기절할 지경까지 통곡했고, 부부는 은정이의 울음에도
그치지 않고 서로의 감정을 드러냈단다.

나는 서로를 볼 수 없는 이유를 조심스럽게 끄집어내면서 대화를
이어갔다.

동생과 남편은 무늬만 부부로 살아가고 있다. 남편과의 불화와
상처로 깊어진 종기는 곪을 대로 곪은 상태다. 아님 진즉에
터졌는지 모른다. 대화가 거의 없으니 말이다.

제부는 나이 육십이 넘은 나이에도 내 집 한 칸이 없다는 것에
표현하기 어려운 감정을 갖고 있을 것이다. 가장으로서, 아빠와
남편으로서의 책임감이 있기에 삶의 무게가 크리라 생각이 된다.

과거의 잘못을 들춰내 놓고 싸움을 시작하면 그건 답이 없다.

나는 답이라고 내놓은 것이 아이들 앞에서는 싸우지 말라고 말을
했다.

그러면서 우리 어려서 아버지와 엄마가 싸우는 것을 보고 자란
것 때문에 나는 싸우지 않고 살았노라고 했다. 그런데 뜻밖의 말을
한다. 자기는 기억에 부모님이 싸운 게 없단다. 나는 어찌 이럴
수가 있을까 싶어 놀랬다. 아버지가 바람을 오래도록 피웠고 엄마
몰래 땅문서를 가져다 대출받아 사업한다고 다 날려 버려서 싸운
횟수가 한두 번이 아닌데 기억이 전혀 없다니 말이다. 작은 읍내에
아버지의 소문은 퍼져서 난 어딜 가도 공운택 딸인 것이 드러났고,
그때마다 숨고 도망치고 싶었다.

친구들 앞에서 그런 소리를 듣게 되면 어찌할 바를 몰랐다.

어릴 적 그 당황함과 부끄러움은 내게 내적인 어둠의 온상지였다.

"은혜네, 은혜야." 주님의 은혜라고 동생에게 해석을 해줬다.

내성적이고 고집이 무척 센 동생이 민감했더라면 부모님의
전쟁과 본인의 전쟁 속에서 온전히 살아있지 않았을 것이다.
겉으로는 밝고 명랑한 나는 아버지의 부끄러움 때문에 얼마나
회의적이고 고등학교 시절부터 한참이나 자살을 생각했었다.

휴우~ 다행이다.

예전에 동생이 제부와 갈등이 심해 이혼하려고 변호사 사무실을
함께 찾아간 적이 있었다.

난 '동생이 혹시 자살하면 어쩌지.' 하고 긴장하며 살아갔던
기억이 있다.

모든 것이 내 기준이니까. 난 현실이 힘들고 지치면 피하고 숨는
자살을 떠올린다.

사춘기 시절부터 머릿속에서 자살과 죽음의 단어를 늘 챙기며
살아왔다.

아이를 세 명이나 낳았어도 그랬고, 남편과의 어려움이 올 때도
그랬다.

동생을 나와 다르게 만드신 주님이 얼마나 감사한지 모른다.

나이 육십이 넘어 지금껏 동생의 삶을 이해할 수가 없었다.

내 피붙이기에, 예수 믿기에 의무감이 컸던 배려가 많았다.

동생은 남편과 그렇게 싸우고 미워하면서도, 거의 대화도 하지 않으면서 1박 2일로 아들 재완이를 데리고 여행도 자주 가는 게 도무지 해석할 길이 없었다.

그럴 수 있겠네. 그럴 수도 있구나.

아이들 앞에서 대판 싸우고도, 아들하고 동생의 관계가 원만하지 않아서 아들하고 싸우고도 그렇게 살아가는 것이 얼마나 다행인가 싶다.

아이들에게 주는 상처가 보이지 않는 동생. 어릴 적 기억으로 전혀 힘들지 않은 동생.

그래, 그렇게라도 살아가라. 살아 있어서 주님의 구원을 받아라.

주님만이 고치시고, 싸매시고, 눈을 열 수 있으시니까.

● 찬유

찬유에게 수요예배 말씀을 정리한 것을 한번 읽어보라고 보냈다.

일본으로 취업을 해서 간다고 마지막에 얼굴을 본게 일년전
일이다.

일본에서 몇 개월 있다가 돌아왔다는 소식은 찬유 엄마에게
들었다.

한번 얼굴을 보고 싶었지만 나의 바쁘다는 게으름의 이유로 아직
얼굴을 못 봤다.

"찬유야, 잘 지내지, 보고 싶다, 궁금하고." 말씀과 함께 톡으로
보냈다.

"네, 잘 지내고 있어요, 선생님은 건강하세요? 5월 중에 한번
식사라도 한 끼 해요."

찬유의 답에 '그러자.'라고 다시 답을 했더니 전화가 왔다.

이번 주 토요일에 만나자고 말이다. 흔쾌히 답을 하고 요한이와
함께 식당을 찾아갔다.

찬유와 종인이가 나왔고 나와 요한이, 이렇게 넷이서 찬유가 미리
주문한 음식을 먹으며 대화를 이어갔다.

찬유는 요한이 친구다.

지금은 친하게 지내지 않고 있지만 어릴 적엔 요한이는 찬유가

없으면 안 될 정도로 찬유를 찾고 또 찾았었다.

요한이를 낳고 누워있는 병실에 간호사가 들어와 다른 산모에게
주소를 물었다.
'용인시 마평동 605-1, 라이프아파트 102동' 여기까지 듣고는
"어머, 나와 같은 데네, 난 503호예요, 몇 호세요?", "606호예요."
얼굴이 예쁘장한, 나보다 어리게 보이는 산모가 답을 한다.
수원까지 와서 아기를 낳았는데 같은 동네 아기 엄마를 만나니
꽤나 반가웠다.
난 제왕절개로 찬유보다 이틀 전에 요한이를 낳았다.
이렇게 찬유와 요한이의 만남은 기가 막힌 타이밍에 많고
많은(그때 당시) 산부인과 중에서 만난 것이다.
복도식 아파트에서 찬유와 요한이는 아래 위층으로 꽤나 오가며
놀았다.

찬유네가 형편이 어려워져서 운학초등학교 근처의 허름한
집으로 이사를 갔다.
아마 초등학교 입학 전일 것이다.
요한이는 찬유네를 데려다 달라고 날이면 날마다 졸랐고, 그러면
차로 데려다주곤 했는데 자고 가겠다고 떼를 쓴 적도 많았다.
찬유 아빠는 막내 삼촌의 초등학교 동창이기도 하지만 워낙에
찬유 엄마와 아빠는 인품이 좋았다.
없는 형편에 요한이를 데려다줘도 눈살 한번 찌푸린 적이 없었다.

평생 임신

늘 반가워했고 늘 따뜻하게 맞이했다. 아마 요한이가 찬유네가 가식적이었다면 어리지만 감지를 했을 것이다.

몇 년이 지나 찬유네는 고림동으로 이사를 나왔고, 난 요한이와 찬유를 데리고 공부방을 시작했다. 물론 과외비를 받지 않았다.

나중엔 찬유 형인 재유까지 공부방에 다녔다. 재유가 다닐 적엔 과외비를 한동안 받았는데 찬유 엄마가 형편이 어렵다고 해서 받지 않고 가르쳤다.

요한이 친구들이 주로 모였기에 학교가 끝나고 오면 배가 고파서 야단이었고, 난 주로 사발면, 빵, 우유(친구네 우유 대리점에서 남은 것)를 간식으로 주곤 했다.

영어 단어를 외우라고 숙제를 내주고 다음 날에 시험을 치는데 틀린 개수마다 매를 댔다. 요즘은 매를 댔다가는 아마 경찰서로 끌려갈 테지만 나의 공부방은 아이들에게 엄하게 했다.

그렇게 고등학교 1학년까지 공부방에 다녔으니 찬유와 요한이, 그의 가족들과는 추억도 많고 가정사까지 공유하는 정도다.

"찬유가 아줌마 은혜를 평생 못 잊을 거라고 하네요. 자기가 아줌마가 아니었다면 나쁜 길로 갔을 거라고."

찬유 엄마가 내게 전한 말이다.

찬유는 워낙에 성격도 좋고 친구도 많다.

내게는 꼬박 선생님이라고 부르면서 스승의 날엔 홍삼 제품을 들고 찾아온 적도 있다.

나도 찬유가 늘 반갑고 고마웠었다.

벌써 사회인이 되어 식사 대접을 하고 여간 기특한 게 아니다.

"찬유야, 사람의 만남이란 불가항력적인 손길이 있다고 생각해. 너와 만난 것도 말이지. 의젓하고 어른스러운 찬유를 보면서 잘 컸구나 싶은 안도감을 갖는다. 저녁 잘 먹었어, 벌써 대접할 줄도 알고, 고맙다"

집으로 돌아와 찬유에게 톡을 보냈다.

"네, 맛있게 드셔서 다행이에요, 다음에 또 맛있는 거 먹으러 가요"

찬유네를 위해 구원기도를 오래전부터 해왔다.

착한 사람들이 구원을 받아야 하는 간절함이 크다.

하나님의 구원 시간표에 언제쯤 표기가 되어 있을까.

궁금하다.

우리 인생의 로또는 엄마야

금아가 엄마 생일이라고 맞춰온 케이크의 문구다.

자랑스러운 엄마. 존경하는 엄마, 대단한 엄마, 성공한 엄마 등등 아이들이 내게 붙여준 수식어는 참으로 몸 둘 바를 모른다. "하나님의 은혜지."라고 대답은 하지만 나 자신을 알기에 부끄러울 뿐이다.

예전과는 너무나 변화된 모습에 바울 엄마라고 석재는 말을 하고, 천사라는 소리까지 듣는다.

크크크 소리 내어 웃는다. "뭔 소리야."

남편을 만나 잘 살아보고 싶었다.

바람을 피고 사업을 한다고 말아 먹어 교도소까지 다녀온 아버지를 부끄러워했기에 시아버지가 계신 남편을 선택했다. 사랑도 받고, 인정도 받는 결혼생활을 꿈꿨다.

행복할 줄 알았고, 남들보다 잘 살 줄 알았다.

기대가 컸고, 바람도 컸다.

친정도, 시댁도 어렵지 않았기에 재정적인 부분도 기대가 컸다.

살면서 기대감이 무너지는 경험은 비참한 지경까지 이르렀다.

아이들을 낳고 신앙생활을 열심히 한다면서 나 자신은 변하지 않아 삐걱거리고 시작했고 소리가 커져갔다. 가정의 질서를 바로 알지 못해 남편을 무시했고, 성경 말씀은 알아도 나의 경우에는 적용할 수 없다는 강력한 이유를 대면서 아이들을 존중하지 않았다. 엄마에 대한 아이들의 반감은 극에 달할 정도였다. 늘 말썽을 피우는 큰아들을 미워했고, 욕구가 채워지지 않아 늘 요구가 많고 순종하지 않는 금아를 미워했다. 육아든 가사 일이든 도와주지 않는 남편을 미워한 건 가까이 지내는 사람들은 다 알고 있었다. 그만큼 떠들고 다녔으니까.

금아가 서른네 살이니 복음을 만나고 많은 것이 정리가 되기 시작한 게 칠 년 정도다.

그때 『하나님의 열심』(박영선 목사님)이라는 책을 읽고는 뒤통수를 얻어맞은 느낌이었다.

"내가"로 살던 신앙과 삶이 뒤집히는 역사적인 때였다.

"나보다 그분이, 나보다 하나님이 더 열심히 나를 복 주시기 위해 모든 구원의 계획 속에 나를 이끌고 계시구나."

내가 바둥대며, 내가 아우성을 치며, 내가 설치고, 내가 나서고, 내가 교통정리를 해야 맘이 놓이고, '내가'로 살던 모습들이 조금씩 벗겨지기 시작했다.

광야 사십 년이 거의 채워갈 즈음 지치고 지친 내 모습을 보기 시작했다.

집을 나간 둘째 아들처럼 옷은 해어지고, 마음은 갈기갈기 찢긴 형국이었다.

그때의 삶은 지치고 지쳐서 '너덜너덜'이라는 단어가 딱 맞았다.

더 이상 안 되는 삶에 백기를 든 것이다.
남편과 아이들과의 관계 회복의 물꼬가 트이기 시작했다.
"난 왜 맨날 터널 속에 갇혀 있는 거야!" 하나님에 대한 원망과
불평이 줄어들기 시작했다.
귀가 막혀 있었고, 눈이 감겨 있었기에 설교를 듣고, 신앙 서적을
탐독하고, 성경 필사를 몇 번을 했어도 나를 바꾸지 못했다.
하나님의 주권을 인정하면서, 나의 모든 자리를 인정하면서,
감사의 깊이가 더해가면서 나의 얼굴이 펴졌다고 본다. 아이들의
독특한 개성을 욕하던 엄마가, 남편의 삶을 몇 단어로 정죄했던
아내가 변하면서 삶이 풀어지기 시작했다.

지금의 목사님을 만나면서 복음의 진리에 제대로 눈이 열리게
됐다.
그동안 알던 세상과는 전혀 다른 세상이 펼쳐진 것이다.
흑암의 나라에서 사랑의 아들 나라에 입성한 것이다 (골로새서1:13)
"나는 아무것도 아닙니다, 오직 주님입니다."
구역예배에서 가정의 질서에 대해 사랑과 순종을 나눴다.
남편을 사랑해서 시작한 결혼생활이 남편에게 순종하지 않은
결과로 삶이 행복하지 않았다고. 하나님이 복을 안주시는 이유가
믿지 않는 남편이라고 내내 생각했고 "너 때문에 내가 이 고생을
하는 거야"라고 단정 지으며 살았다고, 아이들의 개성과 욕구를

정죄만 했기에 〈금쪽같은 내 새끼〉에 내가 두 번이나 나가야 했을 거라고 웃으며 말했다.

내 의지를 동원해서 해야 하는 것은 나의 뜻을 내려놓는 일이라고. 그것이 순종이라고.

나의 뜻을 전하는 방법이 늘 지적질이고, 비판하고, 가르치는 일이 되어서는 안 된다고.

나처럼 살면 안 된다고, 하나님이 복을 주실 수 없다고 반복해서 전했다.

남편과 많은 회복이 일어날 즈음, 남편의 웃음이 살아날 즈음 남편에게 암이 찾아왔고.

"당신은 잘 해낼 거야."라고 웃으며 모든 것을 내게 맡기고 남편은 떠나갔다.

아이들과 아빠 없는 빈자리를 채우려고 함께하는 시간을 많이 가졌다.

그 덕에 살이 많이 찌긴 했지만 살 만큼 웃음도 많아졌다.

모이면 먹고, 예전 얘기로 웃음꽃을 피우고, 어제 엄마 생일이라고 모여 게임을 하면서 얼마나 웃었는지 모른다.

"여보, 아이들에게 재산을 남겨주려고 하지 말아요, 신앙의 유산이 최고라고."

남편에게 누누이 말을 했던 내가 정말 이제서야 신앙의 모델이 되는 엄마이기를 간절히 바란다.

믿음이 최고이고, 그걸 물려준 엄마가 아이들의 인생의
로또였다고 내가 떠난 이후에 모여서 웃으며 이야기하기를~